환생한 대마법사의 정주행 8

2021년 6월 2일 초판 1쇄 인쇄
2021년 6월 7일 초판 1쇄 발행

지은이 서상현
발행인 김정수 강준규

기획 이기헌 왕소현 박경무 강민구
책임편집 이정규
마케팅지원 배진경 임혜솔 송지유 이영선

발행처 (주)로크미디어
출판등록 2003년 3월 24일
주소 서울시 마포구 성암로 330 DMC첨단산업센터 318호
Tel (02)3273-5135 편집 070-7863-8597 Fax (02)3273-5134
홈페이지 rokmedia.com E-mail rokmedia@empas.com

ⓒ 서상현, 2020

값 8,000원

ISBN 979-11-354-6385-3 (8권)
ISBN 979-11-354-9260-0 04810 (세트)

서상현 판타지 장편소설

8

환생한
대마법사의
정주행

Contents

강경책 7

해답을 찾은 실험 55

풀린 의문 103

분류 작업 127

넷파 여섯 173

머리 좀 아플 게다 229

그의 정밀 검사 251

강경책

"교장 선생님이 여기 왜 있대? 신임 교수 인사라더니 설마?"

"분교는 어쩌고 갑자기 본교 교수래⋯⋯."

단상에 선 교수들을 보고 학생들이 수군거렸다.

중앙엔 윕.

그를 중심으로 좌우엔 에타르, 알프릭, 트레샤가 섰다.

마치 윕이 그들을 통솔하는 무리의 리더처럼 보이는, 철저하게 의도된 것 같은 배치다.

그리고 단상에 선 에타르와 난 눈을 맞췄다.

"⋯⋯."

에타르는 아무 감정이 느껴지지 않는 눈빛으로 그저 나를 쳐다보기만 했다.

그것은 트레샤와 알프릭도 마찬가지다.

하지만 난 분명히 알 수 있었다.

셋은 무언가를 말하고 싶지만, 전할 수 있는 상황이 아니다.

셋의 눈동자 속에는 그리움과 일말의 불안감도 함께였다.

그런데도 입을 멋대로 놀릴 수 없으니, 탁 트인 이 강당이라는 장소가 도리어 셋에겐 작은 새장이 된 느낌이었다.

'무슨 일이냐, 에타르?'

눈빛에 그런 질문을 담아 보냈다.

에타르는 아무런 반응을 보이지 않았다.

내 신호를 모르는 게 아닌, 남들의 눈에 보이지 않는 신호에도 답을 할 수 없을 정도로 상황이 좋지 않다는 뜻이었다.

분위기를 읽고, 에타르에게 눈빛으로 신호를 보내는 일은 관뒀다.

그때 웝이 드디어 입을 뗐다.

"너희들을 부른 건 공지했던 대로, 신임 교수들이 있어서다. 이들이 누군지는 너희들도 모르지 않겠지."

굳이 저 셋이 교장으로 있던 학교 출신이 아니더라도 각 분교엔《본교의 입학 조건》이라는 책이 있다.

분교의 초급 클래스 학생들이야 모르겠지만, 여기에 있는 학생은 전부 분교에서 6클래스를 마치고 온 엘리트들.

그의 말이 맞다.

애써 모르는 척하는 게 아니라면 모를 수가 없는 인물들이다.

"다들 의아할 거야. 왜 분교장들이 갑자기 여기 교수가 되었는지. 그것도 한 명도 아닌, 세 명이나."

윕은 그렇게 말하면서 시선이 나를 향했다.

"……."

또 무슨 꿍꿍이를 벌이는 것일까.

이것도 타일런트가 조치한 일 중 하나인 것은 분명하다.

그렇지 않고서야 저 셋이 순순히 말을 들을 필요도 없을 테니까.

난 다음 이어질 윕의 말을 기다렸다.

"모든 분교는 오늘부로 폐교되었다. 너희들의 전문적인 육성을 위해 분교장 세 명이 교수로 오게 된 것이다."

오호…….

분교를 오늘부로 전부 폐교했다라?

타일런트의 조치가 확실하다.

의심할 여지는 전혀 없었다.

'어울리지도 않는 강경책이야, 타일런트.'

무슨 생각으로 이런 강경책을 실시했는지 대충 짐작은 갔다.

현재 본교엔 나를 포함한 네 명의 더블 캐스터가 있다.

게다가 최근 들어 제단까지도 비정상적으로 활발하게 활동하는 중이다.

사일러드의 힘은 타일런트가 원하는 만큼 이변 없이 흡수되는 중이지만, 아직 만족스럽지 못한 부분이 있다는 뜻이다.

그게 바로 학생을 재료로 바꾸는 일.

난 직감을 넘은 확신을 할 수 있었다.

훌륭한 재료인 네 명의 더블 캐스터. 이 네 명이 꼭대기에만 무사히 안착한다면, 그의 계획은 손볼 곳도 없이 완벽하게 완성된다.

따라서 봉인석만큼은 타일런트가 기대한 수준까지 완성이 끝마쳐졌다고 볼 수 있다.

이제 학생이라는 이름으로 둔갑한 재료 조달도 더는 필요하지 않게 되니 과감한 선택이다.

그런데 의문점은 왜 에타르, 알프릭, 트레샤를 전부 내가 있는 2층 교수로 보냈냐는 것이었다.

하나도 아닌 셋이나…….

타일런트는 늘 철저한 계획하에 움직인 놈인데 이번만큼은 감정적인 선택인 것 같다는 의심이 물씬 피어올랐다.

'이번에도 특별한 일이 있을까?'

이 문제는 아무리 고민해도 끝내 풀 수 없었다.

특히나 타일런트는 현재 나를 눈여겨보고 있다.

1층에서 교수 케린까지 시켜 내 둠 리포졸을 상대로 뭔가 실험을 한 정황은 내가 직접 겪었으니 그런 결론을 내리는 것도 무리가 아니다.

그런 상황에서 내 출신이 에드 분교라는 걸 뻔히 아는 녀석이 에타르를 포함해 알프릭과 트레샤까지 이곳으로 보낸 의도를 파악하기가 힘들었다.

'하필이면 셋 다 마법 사회에서 강경파로 낙인찍힌 마법사들이잖아.'

공식적인 타일런트의 적.

내가 사라진 300년이 넘는 시간 동안, 서로 소리 없는 전쟁을 벌여 왔던 사이인데 왜 의도적으로 나와 붙이려고 한 걸까?

"그리고 '앞으로 이 교수들에겐 특별한 임무가 내려질 것'이라고 보름달께서 말씀하셨다, 교수들."

윕은 이제 셋에게 말했다.

분명히 서클로만 보자면 윕이 몇 수는 아래일 것인데, 교수들을 노골적으로 하대하는 말투다.

"나를 따라오도록. 너희들도 이만 돌아가라."

윕이 학생들과 교수들에게 말하곤 먼저 강당에서 나가기 시작했다.

"……뭐야, 신임 교수 인사라면서 인사는 무슨. 말도 한마디 못 하게 하는데."

밴시가 슬쩍 말했다.

물론, 웝에게 들리지 않았다.

바로 옆에 있던 나만 간신히 들을 정도의 작은 목소리였다.

"그러게나 말이다. 셋이 갑자기 본교 교수가 된 것도 웃긴데."

웝의 뒤에는 에타르가 휠체어를 끌며 따라붙었다.

트레샤는 그런 모습을 보기 싫었는지 자신이 직접 에타르의 휠체어를 끌어 주고, 알프릭이 그 뒤를 따랐다.

셋은 나가면서도 내게 어떠한 시선도 주지 않았다.

신경을 바짝 부여잡고 절대로 내게 시선을 주면 안 된다고 스스로 주문이라도 건 것 같았다.

그도 그럴 것이 이곳엔 우리의 계획과는 전혀 상관도 없는 학생들도 많고, 타일런트가 이미 오래전에 장악을 끝낸 본교이기에 유독 신경 쓰는 모습이었다.

그렇게 혼란스러우면서도 의도를 모르겠는 신임 교수 인사란 명목의 집합은 허무하게 끝이 났다.

나도 그대로 기숙사로 향했다.

만나서 직접 묻지 못한다면, 만나지 않고도 물을 수단이 내게 있으니까.

윕이 세 신임 교수를 데리고 온 곳은 깊숙한 구석에 있는 폐쇄된 교실이었다.

얼마나 오랜 기간 발길이 끊어졌는지 복도에서부터 퀴퀴한 먼지 냄새만 코를 찔렀다.

제단이 있는 곳도 아니기에 학생들이 발걸음을 할 이유가 없던 곳이었다.

교실의 모습 또한 처량했다.

학생들 전용 책상, 수업을 진행하는 교사에게 필요한 칠판도 없는 휑하고 더러운 교실이다.

셋도 한때는 이곳을 관리하던 대마법사 친위대원들.

300년 전과 비교하면 교실은 매일 폭풍이 몰아닥쳐 훼손시킨 것처럼, 그들이 알던 모습과는 달리 너무나 끔찍했다.

온기라곤 하나도 없고 사람을 무기력하게 만드는 기운만 가득했기 때문이다.

"여기로 데리고 온 이유가 뭐지?"

알프릭이 유독 날카롭게 물었다.

빛 원소사인 그는 어둠 원소로 잔뜩 치장된 이 본교에 온 것부터가 신경이 상당히 거슬리는 일이다.

그런데 윕이라는 마법사는 학생들이 전부 보는 앞에서 하대까지 서슴지 않았으니, 이미 돌이킬 수 없을 정도로 빈정이 상한 상태였다.

"앞으로 이 장소가 당신들의 거처라고 설명하면 되나요?"

윕도 강경하게 알프릭에게 답했다.

심지어 그는 한술 더 떠, 눈엔 살기까지 장착했다.

"말조심하지. 내가 너한테 무시당할 마법사는 아닌데."

"그거야 여기가 분교였다면 그랬겠죠. 잊었나, 본교의 주인이 누구인지? 더 나아가 당신들이 발을 담그고 있는 마법 사회의 주인도 누군지?"

정말 든든한 뒷배경을 가진 윕은 아무것도 무서울 게 없었다.

"말로는 안 통할 녀석이군."

알프릭은 체념하듯 고개를 저으며 마법 하나를 구현하려고 할 때.

트레샤가 그의 어깨를 세게 움켜쥐었다.

분명히 수준 높은 마법을 여기에서 사용할 것을 알아차리고 다급히 저지한 것이다.

"하지 마. 귀찮아져. 에타르도 가만히 있는데 네가 이러면 안 되지."

"……."

타일런트를 향한 앙금은 세 명 중 에타르가 가장 깊다.

그도 그럴 것이, 에타르는 두 사람과 달리 마음을 다해 존경한 분을 눈앞에서 잃은 것만으로도 모자라 그분이 만든 세상이 박살 나고 많은 역사적 사실이 왜곡되는 것을 목도하였으며 온갖 수모를 홀로 견디며 살아왔기 때문이다.

그런데 그런 에타르조차 가만히 있으니 감정에 휘둘리지 말라는 뜻이다.

알프릭은 그 감정에 완전히 잠식될 뻔한 순간, 트레샤가 덕분에 겨우 이성을 붙잡을 수 있었다.

알프릭은 에타르를 쳐다봤다.

에타르는 그저 고개를 저었다.

'시끄러운 일 만들지 말고, 나도 자존심이 많이 상하긴 하지만 일단은 참자.'라고 말하는 게 눈에 훤히 보였다.

알프릭이 울분을 삼키자, 이제 에타르가 물었다.

"자, 그래서 웝 교수, 아까 강당에서 한 말이 뭔지 알 수 있겠나?"

"말투부터 고쳐야겠네요, 에드 에타르."

인자하게 묻는 에타르와 달리 웝의 대답은 너무나도 시건방졌다.

이번엔 트레샤도 울컥할 뻔했지만, 겨우 참았다.

에타르가 이상하리만치 평온한 모습을 유지하는 중이었기 때문이다.

'그간 겪어 온 수모에 비하면 애교 수준이지.'

에타르는 이미 온갖 수모로 단련된 몸.

이 정도는 멘탈에 금도 가지 않는다.

"말투를 어떻게 고치길 원하는가?"

"전 선임 교수입니다. 당신 셋은 후임 교수이고. 따라서 직위는 제가 더 높단 말이죠. 그래도 명색이 원소 대표 가문의 가주들이며 한때나마 분교장이라는 직위에 있었으니 경어로 예의를 갖추는데…… 당신은 그런 예의라곤 눈곱만큼도 없군요."

"하하, 그렇군요, 선임 교수님."

에타르는 오히려 너털웃음을 지으며 읍이 무안할 정도로 바로 말투를 고쳤다.

웃음 속에 숨겨진 칼날.

에타르는 그런 전법을 사용 중이다.

반격을 위해 굴복하는 척하여 눈속임하는, 제법 난이도 높은 인내심이 필요한 전법이다.

드라코 가문과 직접 대면하여 심한 마찰을 직접 겪은 에타르는 받아치는 게 쉬웠다.

이를 지켜보는 알프릭과 트레샤는 '나는 저렇게까지 의연하지 못할 거 같은데…….'라는 생각을 삼킨 순간이기도 하다.

"그래서 선임 교수님. 강당에서 분명히 보름달께서 저희에게 특별한 임무를 내렸다는데, 그게 뭡니까?"

또 귀찮은 시비가 걸리기 싫었던 에타르는 타일런트를 칭할 때도, 보름달이라는 호칭을 쓴 것도 모자라 극존칭까지 사용했다.

그러자 윕은 만족스러운 표정을 지었다.

'단순하군. 타일런트의 자식이 맞긴 한 건가. 수 싸움은 제 아비랑 비교하면…… 한참이나 뒤떨어지는군.'

"당신들 셋은 이제 특정 학생을 담당하게 될 겁니다. 에드 에타르 당신은 당신의 분교 출신인 아르텔, 헤이, 밴시, 키에나 이 네 학생을 담당하게 되죠."

그런데 특별한 임무라는 게 어딘가 석연치 않았다.

서로 떨어트려도 모자랄 사이를 도리어 바늘과 실의 관계 처럼 딱 붙여 버리다니?

하지만 의아함은 그것으로 끝이 아니었다.

"루스 알프릭 당신은 라믹 분교 출신인 더블 캐스터 테슬라를, 라무스 트레샤 당신은 미르네 분교 출신인 더블 캐스터 쿠로를 담당하게 됩니다."

"잠깐, 이상하군요, 선임 교수님."

"뭐가 이상합니까?"

"제가 아르텔을 담당하는 건 그렇다 칩시다. 제 분교 출신의 학생이니까요. 그런데 다른 더블 캐스터 학생은 라믹 분교와 미르네 분교라면서요?"

"그래서요?"

"제 학교 출신이라서 제가 담당하게 된 거라면, 그 학생들도 각자 출신의 분교장이 맡아야 하는 것 아닙니까?"

"이건 보름달의 지시입니다. 당신이 깊게 알 필요는 없다는 뜻이죠."

윕은 귀찮다는 듯이 딱 잘랐다.

그때 트레샤가 손을 가볍게 들었다.

나도 무언가 할 말이 있다는 그 신호는 윕에게 정상적으로 전해졌다.

"뭡니까?"

"그러고 보니 에타르, 알프릭 그리고 저까지 한 층에 교수가 세 명이나 필요합니까? 리비아랑 카비르는 어디 가고?"

"그것 역시 당신이 알 권리는 없습니다."

"그럼 왜 에타르만 네 명이나 담당하고 나와 트레샤는 한 명만 담당하는 거지? 타산이 안 맞는 것 같은데."

묵직한 알프릭의 한마디였다.

경어를 일절 사용하지 않는 그의 질문에 윕의 눈동자는 다시 검은 살기가 그득해졌다.

'이거 확 눈을 파 버리고 싶은 욕구가 치솟는군.'

알프릭도 이미 터지기 일보 직전이었다.

기숙사로 돌아온 나는 에타르와 연결된 모브로 메시지를 보내 봤다.

―에타르, 갑자기 무슨 일이지? 너희들이 본교의 교수라니?

하지만 시간이 아무리 지나도.
에타르의 답장은 오지 않았다.
'무슨 일이 생긴 건 아니겠지……?'
불안하지만, 알아볼 방법도 없으니 나는 그저 그의 답장을
초조하게 기다려야만 했다.
'빨리 답장 좀 보내라…… 에타르…….'

"불필요한 감정 소모를 할 필요는 없지 않겠습니까, 선임
교수님. 우리도 적응할 시간이 필요하니 굳이 문제 삼지 마
시죠."
알프릭과 웝의 신경전이 한창일 때, 에타르가 말했다.
그 한마디로 인해 둘의 소리 없는 신경전이 끊어졌다.
트레샤가 팔꿈치로 알프릭의 팔을 툭 치자 알프릭은 그제
야 시선을 뗐다.
계속 웝을 보고 있자면 정말 감정 조절이 되지 않아 사고
를 칠 것 같았기에 아예 시선에 담지 않는 것을 택했다.
웝은 이제 에타르의 질문에 답했다.
"간단합니다. 이미 알겠지만, 본교는 개인으로 활동할지

팀으로 활동할지 학생들이 스스로 선택하죠. 그 차이일 뿐입니다."

"그 말은 아르텔, 밴시, 헤이, 키에나 이 넷이 한 팀이고 나머지 두 더블 캐스터 학생은 개인이라는 뜻이 되겠군요."

"그렇습니다. 하지만 당신들의 임무는 단순히 해당 학생들을 담당하는 것으로 끝나는 것이 아닙니다."

웝이 새로운 임무를 말하려 할 때, 에타르의 모브엔 새로운 메시지가 날아들었다.

다행히 아직 형상화는 하지 않았기에 남들에게 보이지 않았으며, 에타르 본인만 알아챌 수 있었다.

'아르키스 님인가.'

정황상 연락이 올 곳은 거기밖에 없다.

그러나 지금은 자리가 자리인지라 에타르는 최대한 머릿속에서 모브를 지웠다.

웝은 새로운 임무의 정체를 입 밖으로 냈다.

"당신들은 담당하는 학생을 도와줘야 합니다."

교수가 직접 학생을 도우라는 지시.

본교의 성격과는 너무나도 맞지 않았다.

본교가 원하는 학생들은 자력으로 꼭대기에 올라갈 정도의 재능을 갖춘 학생들이다.

그런데 그 불변의 교칙을 타일런트가 직접 깬 순간이다.

지금 말하는 사람은 웝이지만, 이 계획의 시작은 꼭대기에 있는 타일런트라는 걸 셋도 모르지 않았다.

"학생을 돕는다라……. 어떻게 돕는 건지 감이 안 잡히는군요."

에타르가 확실히 알기 위해 넌지시 물었다.

"당신들은 앞으로 담당한 학생들이 다음 층으로 향해야 같이 올라갈 수 있죠. 즉, 당신들과 담당 학생들은 한 몸이라는 뜻입니다."

"잠깐만요, 선임 교수님. 그럼…… 저희더러 학생들의 제단 경쟁에 직접 개입하라는 겁니까? 저희가 담당한 학생들이 제단을 차지할 수 있도록?"

"보름달의 지시입니다."

웝의 대답은 '그렇다'라는 말을 길게 늘인 것뿐이다.

그 순간, 에타르를 포함한 셋은 서로를 쳐다봤다.

정말이지, 타일런트가 이렇게 노골적인 강경책을 들고 왔을 줄은 예상도 못 했다.

"학생들의 반발이 심할 텐데. 본교장 출신 셋이 특정 학생을 돕기 위해 경쟁에 개입한다니."

알프릭이 노골적으로 들리게 말했다.

"당신이 신경 쓸 문제는 아니야. 시키는 대로나 해."

웝도 알프릭에게만큼은 유독 가시로 가득한 말투다.

알프릭은 수준 낮은 도발에 넘어가지 않고 가볍게 무시했다.

윕이 에타르에게 말했다.

"그래도 에드 에타르, 당신은 다른 교수보다는 쉬울 겁니다. 아르텔 그 학생이 워낙 본교 학생들 사이에서도 출중해서요. 보름달께서도 잔뜩 기대하시는 학생이죠."

그 말이 끝나자 그는 기분 나쁜 미소를 머금었다.

"……."

에타르도 무슨 말인지는 안다.

하지만 이들은 아직 아르텔의 정체를 모르는 것이 분명하다.

그는 전생의 아르키스 에이머.

본교 학생들 경쟁에서 뒤처질 이유는 없다.

그러니 3일 만에 본교 2층으로 올 수 있었다. 이는 즉, 그를 대적할 수 있는 학생은 어디에도 없다는 뜻이다.

하지만 마지막을 장식한, 보름달이 잔뜩 기대한다는 그 말.

신경이 쓰일 수밖에 없는 말이었다.

'이거 꼭…… 나와 아르키스 님을 동시에 꼭대기로 오도록 유도하는 것 같잖아.'

왜 갑자기 분교를 폐교시키고, 기존 분교장들을 본교의 교수로 임명한 뒤 담당 학생을 도우라는 명령을 내렸는지 짐작이 가기 시작했다.

윕은 알프릭과 트레샤에게도 충고를 남겼다.

"당신들은 에드 에타르 교수에 비하면 조금 바쁠 겁니다. 담당하는 학생들이 더블 캐스터이긴 하나, 아르텔만큼의 재능을 가진 학생들은 아니라서요. 손이 많이 갈 것입니다."

둘은 아무런 대답도 하지 않았다.

"그리고 명심하십시오. 당신들이 담당 학생과 접촉할 수 있는 시기는 오직 제단이 열렸을 때뿐입니다. 평소엔 여기에서 대기입니다."

마지막까지 전할 것을 전부 전한 윕이 임시로 지정된 교수실에서 나가려 할 때, 트레샤가 물었다.

"아무것도 없는데 생활은 어떻게 하라는 거죠? 하다못해 침대라도 있어야 할 것 같은데."

그의 질문에 윕은 거만한 표정으로 답했다.

"다들 만들 능력이 있으면서 뭘 그럽니까? 어차피 우리가 마련해 주면 달갑게 받지도 않을 거면서?"

필요한 건 너희들 마법으로 알아서 만들어 사용하라는 뜻이다.

"참, 그래도 이건 필요할 테니 설치해 드리죠."

그는 품 안에서 열 개의 모브를 꺼내 천장을 향해 던졌다.

그러자 모브는 천장에 고정되었다.

별도의 영상이 나오는 모브는 아니었다.

다들 의아한 표정을 지을 때, 윕이 설명했다.

"제단 활동은 이걸 보고 확인하면 될 겁니다. 활동을 시작하면 위치를 알려 주니까요."

설명을 끝마친 웝은 다시 등을 매정하게 휙 돌리며 나갔
다.

"갈기갈기 찢어 버리고 싶네."

알프릭이 그가 나가자마자 속에 꾹 삭여 두었던 말을 토하
듯 내뱉었다.

"됐어, 신경 쓰지 마."

트레샤는 그런 웝의 태도는 안중에도 없었는지, 이미 마법
으로 필요한 것들을 만들어 내기 시작했다.

테이블, 침대 등등.

일순간, 황폐했던 폐교실은 나름의 모습을 갖췄다.

그제야 에타르는 모브를 확인할 수 있었다.

"아르키스 님한테서 메시지가 왔었네."

"뭐라셔?"

둘은 동시에 반사적으로 에타르에게 집중했다.

"미친 거 아니야? 그것들을 왜 붙여 놓는데!"

타일런트는 에타르를 포함한 셋의 행방을 알려 주었다.

굳이 알려 준 이유도 리비아와 카비르도 어느 정도는 알고
있어야 하는 필요성을 느껴서였다.

그러자 이해할 수 없는 조치라 리비아가 소리쳤다.

"하긴, 네가 내 생각을 읽기엔 그다지 명석하지가 않지."

이해시킬 필요가 어디 있겠나.

어차피 리비아와 카비르도 타일런트에게 있어선 들러리에 지나지 않는다.

300년이 넘는 기간 동안 질 높은 재료를 본교로 조달했지만, 분교는 전부 폐교했다.

그리고 마침 사용할 수 있는 성배는 네 개.

해당 성배 안에 누구를 넣을지도 이미 타일런트는 내정한 상태다.

그렇기에 재료 조달을 책임지는 이 두 명의 가주도 더는 필요 없게 되었다.

구성 가문이었던 노힐, 미하엘과 마찬가지로 이용할 가치가 확연하게 사라졌다.

하지만 그렇다고 두 가문처럼 무턱대고 없앨 필요는 당장에 없었다.

적어도 이 둘은 아직까진 이용할 가치가 조금이나마 남아 있었기 때문이다.

"리비아."

타일런트는 화제를 돌리기 위해 그녀의 이름을 나지막이 불렀다.

"왜?"

"데이먼에게 대충 들었다. 밑의 세계에서 에타르에게 한 방 먹었다며, 폐교 과정에서?"

"……."

리비아는 입술만 질끈 깨물었다.

그녀에게 있어 꽤 자존심에 금이 가는 일이기도 했거니와 정말 예상외로 무력하게 당했다는 사실을 타일런트까지 알고 있다는 것이 더욱 비참하게 다가왔기 때문이다.

"데이먼이 그런 사소한 것까지 보고했나?"

"잊었나 본데, 데이먼은 네 자식이기 이전에 친위대장이다. 즉, 우선순위는 네가 아니라 나라는 뜻이야. 너와는 단순한 모자지간이겠지만, 나와는 주종 관계거든. 어느 쪽이 더 무겁겠나?"

피는 물보다 진하다는 말이 있지만, 지금 상황에선 그다지 의미 없는 말이었다.

이미 타일런트가 모든 것을 장악한 마법 사회에서 주종 관계의 무게는 모자지간보다 무겁다는 뜻이었기 때문이다.

"한 방 먹은 건 카비르 너도 마찬가지고?"

그는 카비르를 쳐다보며 물었다.

카비르는 퉁명스럽게 답했다.

"난 어떻게 알고 있대?"

리비아의 경우에야 데이먼 때문에 알고 있다 쳐도, 자신의 경우엔 친위대 소속 누군가가 함께하지 않았는데도 알고 있는 게 의아했다.

"뭐, 내 눈은 하늘에도 달렸으니까?"

'웃기는 소리. 감시를 붙여 놨구나.'

그 한마디로 카비르는 몰랐던 것을 알게 되었다.

그간은 믿는 척했을 뿐, 실상은 그녀도 믿지 못해서 따로 감시를 붙였다는 것이다.

'그렇다면 도대체 언제부터였을까? 이번만? 아니면 이미 300년 전부터 계속?'

가장 카비르가 알고 싶어 했던 것이지만, 역시나 알 방도는 없었다.

타일런트는 본론을 꺼냈다.

"특히 리비아 너는 평소 무시했던 에타르에게 한 방 먹었으니 분이 풀리지도 않을 것 같은데. 분이 너무 뜨거워서 물 원소사인 네가 불 원소사가 되겠어."

"하고 싶은 말이나 해."

"성배는 앞으로 네 개밖에 제조하지 못한다."

타일런트의 그 발언에 문지기가 움찔거렸다.

그런 극비 사항을 이들에게 덧없이 알려 줘도 괜찮냐는 행동이었다.

하지만 타일런트는 그를 안심시키는 것처럼, 손을 가볍게 펼쳐서 앉으라는 제스처를 취했다.

"그런데 마침 훌륭한 재료 네 개가 내게 들어와서 말이야."

"……더블 캐스터가 네 명이군."

"역시, 눈치는 빠르네. 그리고 이것도 확인하면 감이 오지?"

그러면서 타일런트는 몸을 옆으로 슬쩍 비키며 봉인석을 보여 줬다.

어느덧 검은 영역은 약 85퍼센트.

정말 눈에 훤히 보일 정도로 차오르는 봉인석이다.

봉인석의 상태를 보고 리비아와 카비르는 당황함을 감추지 못했다.

"내 계획은 완성되었어. 네 개의 재료가 이곳에 도착하는 날, 그날이 내가 저것을 흡수하는 날이 된다. 그렇게 되면 그간 날 귀찮게 했던 에타르를 포함한 아르키스가 남긴 떨거지들도 필요가 없게 되지."

"……아까부터 말한 일망타진. 그 뜻이 이거였나?"

"물론이지. 대신 너도 에타르에게 빚은 있으니 갚게 해 준다고. 에타르는 네가 맡고 싶으면 맡든가."

"왜? 혼자선 역부족이라 그래?"

리비아는 마음에도 없는 소리를 했다.

이미 타일런트가 자신을 협박하기 위해 작은 송곳 하나를 구현해 목을 노렸을 때, 그의 마력은 짐작할 수 있었다.

그런데도 이런 마음에도 없는 소리가 먼저 나가는 것

은······.

고분고분하게 계속 당하고 싶은 마음이 없어서였다.

리비아가 타일런트와 동조한 이유.

우군인 척, 약점을 파악하고 그 약점을 이용해 타일런트를 제거한다.

그리고 자신도 단일 원소사로서 대마법사가 되기 위함이다.

하지만 오늘 확실히 깨달았다.

그 계획은 처음부터 이루어질 수 없는, 허무맹랑한 동화에 지나지 않는 것임을.

그렇다 해도 무기력한 모습은 더더욱 보이기 싫으니, 최소한으로 할 수 있는 반항을 하는 것뿐이었다.

한때는 동문이었던 그가 이젠 감히 쳐다볼 수도 없을 정도로 높은 탑이 되었다는 것을 인정할 수 없는 마음이 가장 컸다.

"설마. 나 혼자 다 해 먹으면 너희 둘이 너무 심심할까 봐 그러지. 내 배려심이 느껴지지 않는가?"

타일런트는 기분 나쁘게 검지로 리비아와 카비르를 번갈아 가며 물었다.

가장 신경에 거슬리는 건, 그가 어울리지도 않게 인자한 목소리를 냈다는 점이다.

"퍽이나. 어쨌든, 우리가 본교에서 할 건 아무것도 없다.

이게 핵심 아닌가?"

카비르는 오히려 싸늘하게 답했다.

그녀가 답한 순간 서늘한 바람 한 줄기가 미약하게 꼭대기에 분 것만 같은 착각이 들었다.

'명색이 바람 원소 대표 가문 가주다, 이건가. 만만하게 볼 상대는 아니야.'

문지기 드라코 셔먼은 그렇게 생각했다.

타일런트는 두 마법사를 별로 신경도 안 쓰는 태도지만, 적어도 문지기는 그렇지 않았다.

아무리 두 가주가 300년 넘게 적극적으로 협조했다고 해도, 제 스승의 죽음을 알고 있는데도 협조적인 것을 의심한 것이다.

언제 어떻게 돌변해서 배신할지 모르는 마법사들.

에타르의 경우에야 대놓고 활동했지만, 이들은 이들만의 속내가 따로 있을 것이다.

따라서 언젠가 그가 직접 이 둘을 상대할지도 모르는 일이다.

타일런트가 모든 분교장을 본교로 불러들인 목표는 일망타진.

하지만 저 둘에게 설명하지 않은 부분이 있다.

바로 그들도 그 일망타진의 대상에 들어간다는 것이다.

그때가 되면 셔먼도 본격적으로 가주들과 대항해야 하니

날카로운 통찰력으로 행동 하나하나, 기운 하나하나를 놓치지 않았다.

'전력으로 나온다면…… 버겁겠어.'

그때 카비르가 등을 휙 돌리고 밑층으로 내려가는 문으로 향했다.

"그때까지 어디에서 지내면 되는지나 알려 주지 않을래, 타일런트?"

"셔먼, 안내해라."

"네."

"리비아, 너도 따라가지? 어차피 함께 있어야 하니까."

"……."

리비아는 대답은 생략하고, 그렇게 셔먼의 뒤를 따랐다.

그렇게 꼭대기에 타일런트가 혼자 남게 되자 다시 제단 활동이 감지됐다.

그런데 참 이상했다.

"……또 2층에서만. 그것도 모든 제단이 동시에. 이쯤 되면 의도적인 건 확실한데."

무슨 이유일까.

1층과 2층에서 동시에 열리던 제단이 어느 순간 1층에서만 열리더니, 이제는 2층 제단만 열린다.

이 현상의 공통점은 단 하나.

쿠로와 테슬라 이 둘이 붙어 있을 때만 일어난다는 것이었다.

처음엔 타일런트도 아르텔이 있는 곳에서만 그런 현상이 일어난다는 가설을 세웠지만, 이쯤 되면 그 가설은 완벽한 오측이다.

정답은 아르텔이 아닌, 쿠로와 테슬라였던 것이다.

'왜?'

의문은 여전히 풀리지 않았다.

하지만 타일런트는 한 가지 실험을 하기로 마음먹었다.

이 이상 증세를 해결할 수 있는 완벽한 해답을 얻기 위한 실험이다.

그는 즉시 모브를 통해 2층에 있는 웹에게 연락했다.

―네, 보름달이시여.

"내가 시키는 대로 바로 진행하도록."

―말씀하십시오.

셔먼이 리비아와 카비르를 데리고 온 곳은 꼭대기 바로 밑 층인 본교 6층에 있는 상당히 넓은 대기실이었다.

대기실이라는 명칭도 그들이 300년 전, 아르키스 에이머의 제자 신분이었을 때에나 사용했던 명칭이다.

대기실엔 다섯 개의 웨이포인트가 있다.

각각 1층부터 5층까지 연결된 것이었다.

제단 활동이 감지되면 각자 흩어져서 웨이포인트를 찾았던, 옛날의 원시적인 방법을 간직한 장소다.

그러나 그 웨이포인트는 형체를 간신히 알아볼 정도로만 남아 있을 뿐, 완전히 부서져 있었다.

더는 사용할 일이 없으니 아예 폐쇄시킨 증거다.

"저건 누가 저랬지?"

리비아가 물었다.

특별한 목적이 있는 건 아니고, 순전히 궁금증만 가득해서였다.

"딱히 알 필요는 없습니다."

셔먼은 딱 잘라 답했다.

"……뭐?"

그의 무례한 답에 리비아가 살벌한 눈동자로 그를 바라봤다.

'오호, 꼭대기에 있을 때와는 분위기가 너무 다르잖아? 아예 사람이 바뀐 것 같네.'

사실, 그것도 셔먼이 리비아를 파악하기 위해 일부러 무례하게 답한 것이었다.

셔먼은 리비아의 소극적인 태도를 꼭대기에서 똑똑히 봤다.

언뜻 타일런트를 두려워하는 것처럼 보였는데, 착각이 아니었다.

분명히 타일런트와 함께 있었을 때는 없었던 적대감이 꼭대기를 벗어나자 살벌하게 살아났다.

'그렇다는 것은…… 보름달을 두려워하고 있군? 그리고 나는 만만하게 보고.'

느껴지는 기운도 카비르와 비슷하다.

셔먼은 딱 얻을 것을 얻자, 태도가 돌변했다.

고개를 깊이 숙이며 사과를 올렸다.

"죄송합니다. 보름달과 동문이신데 너무 무례했군요. 용서하시지요."

셔먼이 갑자기 저자세로 나오자 리비아는 당황스러웠지만, 내색하지 않았다.

"그럼 내 질문에 답이나 하지? 그래야 용서의 마음이 들것 같은데."

집요하게도 웨이포인트가 망가진 이유를 물고 늘어졌다.

"제가 그랬습니다."

"그렇다는 건 300년 전에 망가트린 게 아니라는 거네? 네가 300년 전부터 존재하던 녀석은 아니니까."

"네, 제가 문지기가 되고 나서의 일이니까요. 비교적 최근이라고 할 수 있겠네요."

셔먼은 정확한 시기를 말하지 않았다.

애초에 중요한 일도 아니었기에 굳이 기억하지 않은 탓이 가장 컸다.

"그런데 웨이포인트에 관심을 가지시는 이유를 여쭤도 되겠습니까?"

"그냥, 궁금해서."

"……그렇군요."

둘의 대화가 끝날 기미가 보이자 카비르가 물었다.

"그래서. 우린 여기에서 놀다가 에타르, 알프릭, 트레샤. 이 세 명이 꼭대기로 올 때 같이 마중이라도 나가라는 건가?"

"정확히는 그 세 교수가 담당 학생을 데리고 왔을 때요."

"그러니까."

"네, 맞습니다."

"따분한 시간이 되겠네."

"필요하신 건 언제든 제게 말씀하시면 됩니다."

"필요한 게 외출이라면?"

"그건 불가합니다."

"왜지?"

카비르의 표정도 날카롭게 변했다.

"보름달의 지시이기 때문입니다."

"그래? 난 정말 이해가 되질 않는데? 에타르 일행이 꼭대기로 도착할 때 우리가 비로소 움직인다. 그건 우리가 그때까지 할 일이 없다는 뜻 아닌가?"

"……"

셔먼은 일부러 답하지 않았다.

제법 귀찮은 문제를 걸고넘어지는 중이기에 빈틈을 보이지 않으려는 노력이다.

"그럼 우리가 굳이 여기에서 대기할 이유가 있냐고. 걔들은 2층에 있다며? 6층까지 올라올 시간은 상당히 걸릴 텐데. 어차피 이 학교를 관리하는 건 타일런트고. 그런 타일런트가 예상치도 못할 때 걔들이 느닷없이 꼭대기에 나타나는 것도 아니잖아? 언제 올지 뻔히 아는데 말이야."

"3일 만에 2층으로 올라간 학생들입니다. 예상하시는 시간보다 훨씬 빠를 겁니다."

셔먼은 3일이라는 기간을 강조했다.

"그래 봤자 층을 오를 때마다 너도 그렇고 타일런트도 어차피 아는 것 아니냐고. 그런데 왜 굳이 우리까지 본교에서 대기야? 밑의 세계에 있다가 와도 되는 건데. 이거 꼭 우리까지 일망타진하겠다, 이런 의도를 가진 것같이 느껴지는 게 문제지."

카비르는 셔먼의 눈을 피하지 않고 똑바로 쳐다보며 물었다.

그러자 리비아의 표정이 변했다.

일망타진의 대상에 자신들까지 포함한 게 아니냐는 질문에 조금은 충격을 받은 듯했다.

아예 생각지도 못한 일이었기 때문이다.

셔먼이 입을 꾹 닫은 지 몇 초 지나지 않았을 때, 카비르는 작게 손사래를 치며 익살스러운 목소리로 말했다.

"에이~ 설마 타일런트가 그러겠어? 동고동락한 세월이 몇 년인데. 안 그래?"

하지만 셔먼은 그녀의 눈빛을 통해 생각을 정확히 읽을 수 있었다.

눈은 뇌의 통로라고 불리는 부위.

눈빛과 생각은 일맥상통한다.

'자신의 의심을…… 나를 통해 떠보고 있군. 지능만 놓고 보자면 리비아보다 한참 위 같은데.'

뭐라고 둘러대면 좋을지 생각하던 셔먼의 머릿속에 좋은 답안이 떠올랐다.

"그런 의심은 보름달에게 직접 물어보시지 그랬습니까? 저도 그분의 계획 전부를 알고 있는 건 아니라서요."

이 귀찮은 질문 세례를 벗어날 수 있는 훌륭한 핑곗거리다.

그러자 카비르는 귀찮다는 듯한 손사래로 바뀌며 답했다.

"됐다. 앞으로 필요한 거 있으면 너한테 말하라고 했지? 지금은 휴식이 필요하니까 나가 줄래? 게다가 숙녀들 방에 이렇게 오래 있는 거 아니란다."

다 큰 어른이 아이를 훈계하는 듯한 말투다.

셔먼은 오히려 평온한 미소로 고개를 끄덕이며 답했다.

"실례했습니다."

셔먼 입장에서도 귀찮은 질문 세례를 끝낼 수 있기에 나쁜 결과는 아니었다.

'앞으로 꽤 귀찮아지겠군…….'

⁂

–그게 말입니다…….

에타르의 답장이 온 건, 내가 메시지를 보내고 나서 제법 시간이 지난 뒤였다.

–뭐야, 어떻게 된 일이야?

나도 조급함에 의도치 않게 그를 쪼게 되었다.

에타르는 그것을 시작으로 본교에 오게 된 이유를 설명하기 시작했다.

분교가 폐교된 것은 이미 강당에서 들은 사실.

그리고 2층의 교수 웝에게 앞으로 자신을 포함한 알프릭, 트레샤가 어떤 일을 하게 되는지 등등.

그것들을 전부 전했다.

-네가 내 담당?

　-정확히는 아르키스 님이 계신 팀을 담당하는 거죠. 밴시, 헤이, 키에나까지요.

　-역시. 타일런트가 가진 계획의 완성을 위해선 우리…… 아니 네 명의 더블 캐스터가 필요한 거구나?

　-네, 그것 말곤 없는 것 같습니다. 마침 제단 활동도 비정상적으로 빠르다고 하셨잖아요?

　-그런데 제단 활동 시기가 아니면 담당 학생과 접촉할 수 없다라……. 꼭 너희를 가둬 두는 느낌이구나.

　-그건 상관없습니다. 오히려 아르키스 님과 같은 공간에 있으니 기뻐해야 할 것 같은데요?

　에타르는 내가 예상한 것과 달리 밝아 보였다.
　적어도 모브의 메시지로만 보고 판단하자면.
　아무런 걱정이 없어 보이는 착각이 들었다.

　-아무튼, 제단 활동 때 얼굴 한번 뵙겠습니다. 윕 교수가 그러더라고요. 저는 알프릭과 트레샤에 비하면 한가할 거라고요.

　-그런데 너희는 제단이 활동을 하는지 어떻게 파악해?

　-윕이 제단 동태를 실시간으로 알려 주는 모브를 설치해 주고 갔습니다. 특이하게도 영상은 안 나오더군요.

　-……그래?

현재 본교에 있는 제단은 내가 알던 제단과 거리가 조금 있다.

에드 분교에서 포머에게 들은 적이 있듯이, 타일런트는 제단을 인위적으로 만들고 복제도 가능한 수준까지 연구를 마쳤다고 했다.

현재 본교에 퍼진 제단들은 전부 타일런트가 인위적으로 만들고, 고정시킨 것이다.

따라서 그런 제단의 동태를 살피기 위한 단순 알람용 모브였을 게 분명하다.

그리고 그 순간.

에타르의 불안함이 느껴지는 메시지가 날아들었다.

─……아르키스 님.

─왜?

─열 개 제단이…… 동시에 열렸는데요? 어디로 가실 겁니까?

─정원.

난 고민도 없이 답했다.

그리고 기숙사를 나서면서, 그에게 조금은 활기찬 메시지 하나를 더 보냈다.

─정원에 눈이 즐거운 불꽃놀이가 열릴 거야. 같이 즐기기나 하자.

-기대되는군요.

❧

쿠로는 복도의 시끄러운 소리를 듣고 눈치껏 상황을 파악했다.

'어딘가에 있는 제단이 열렸구나!'

아직 제단 위치를 전부 파악하진 못했지만, 몇 개는 안다.

쿠로도 곧장 경쟁에 합류하기 위해 기숙사 문을 벌컥 열고 복도를 나선 순간.

교수 한 명이 그의 앞길을 막았다.

신임 교수가 아닌 기존 2층의 교수, 윕이었다.

"……교수님?"

"넌 잠깐 나 좀 따라오지."

"그치만……! 제단이 지금……!"

"알아. 손해 본 것을 메꾸고도 남을 가산점은 확실히 주지. 나를 따라온다면."

본교가 학생에게 이렇게 따뜻했던 적은 단 한 번도 없지만, 지금은 따뜻해야 했다.

타일런트의 실험이 시작된 순간이기 때문이다.

상황을 모르는 쿠로는 그저 순진무구하게 가산점이라는 단어에 홀려 윕의 뒤를 따랐다.

정원 입구에서 난 에타르와 만났다.

에타르는 홀로 휠체어를 끌고 힘겹게 정원까지 도착했다.

그런 모습이 가엾게도 느껴져 에타르의 휠체어 등 부분에 있는 손잡이를 잡았을 때다.

"괜찮습니다."

"말 가려. 다른 학생들도 많은 곳이다."

"아⋯⋯."

내 정체를 아는 소수의 교수 중 하나.

하지만 지금은 그런 것은 생각하지 말고, 평소 분교에서 다른 평범한 학생을 대하던 것처럼 말을 편하게 하라는 뜻이다.

"그렇지만⋯⋯."

에타르는 쉽게 입이 떨어지지 않은 듯했다.

어찌 보면 당연한 결과다.

밴시와는 완전히 상황이 다르니까.

밴시의 경우엔 에드 분교 1클래스에서 처음 만났고, 내가 아르키스 에이머인 줄도 몰랐다.

그래서 처음부터 반말로 다가왔고 제법 사납게도 접근했던 학생.

그러나 에타르는 내 정체를 먼저 알고 대면한 인물이다.

내 전생에서도 나에게 반말은 한 번도 한 적이 없는 녀석이기에 저렇게 안절부절못하는 반응인 것이다.

"밴시도 억지로 그렇게 하니까 너도 그렇게 해야지. 네가 나를 높이는 걸 다른 학생이나 본교 교수가 보면 어떻게 생각하겠어?"

"알겠……다."

그는 휠체어를 혼자 끌고 왔을 때보다도 더 힘겹게 답했다.

"그래요, 그렇게 익숙해지시라고요. 교수님."

난 에타르가 조금이나마 편하게 느낄 수 있도록 최대한 친절한 존댓말로 대했다.

그는 난감한 미소만 보여 줄 뿐이었다.

에타르와 함께 정원에 들어서자, 제단 활동을 알아차린 학생들이 또다시 우르르 몰렸다.

참 신기했다.

1층처럼 제단을 감시하는 학생이 있는 것도 아니다.

그런데도 어떻게 실시간으로 이렇게들 곧장 알고 찾아온단 말인가?

난 정원 주위를 둘러보았다.

의식하니, 비로소 보이지 않던 것들이 눈에 보이기 시작했다.

'저거였구나.'

각각의 원소 구체가 숨은그림찾기를 하는 것처럼, 정원 곳곳에 숨어 있었다.

감지 마법이다.

2층의 학생들은 감지 마법을 제단이 있는 곳에 펼쳐 놓고 활동이 감지되면 자동적으로 이곳으로 오는 것이었다.

"뭘 그렇게 보시……."

이미 다른 학생들이 모였는데도 에타르가 잠시 상황을 망각하고 존댓말로 물어보려는 것 같아 조급함에 그의 휠체어 바퀴를 발로 툭 쳤다.

"봐?"

그제야 에타르는 다시 집중했다.

"교수님 눈에는 안 보이세요?"

난 학생들이 곳곳에 심어 놓은 감지 마법을 눈짓으로 가리켰다.

에타르는 9서클 마법사.

대마법사를 제외하면 가장 높은 서클이다.

그런 그가 내 눈빛을 읽지 못했을 리가 없었다.

"오호, 재미있는 학생들이군."

그는 나와 똑같이 흥미로운 반응을 보였다.

이 방법을 나도 아예 생각도 못 한 것은 아니다.

그런데도 흥미로운 것은 내가 2층의 학생들을 확실히 과소평가했다는 생각이 들어서다.

밴시가 1층에서 감지 마법을 새로 개발했다고 했을 때, 둠리포졸과 똑같이 제법 어려운 마법이라고 하지 않았던가?

그 이유는 지속 마법이었기 때문이다.

그래서 1층의 학생들은 아직 지속 마법을 소화할 역량이 없기에 원시적인 방법을 택했다.

그런데 고작 한 층 차이인데도 2층의 학생들은 감지 마법을 사용하는 중이다.

'수준 차이가 심해도 너무 심한 것 같은데. 고작 한 층 차이인데…….'

그런 의문이 들었지만, 클레어가 떠올랐다.

2층에서 빙결 마법을 사용했던 그 학생.

만일 분교가 여전히 온전했다면, 그 학생은 분교에서 초급 단계 클래스의 교수가 충분히 될 수 있는 인재였다.

하지만 분명히 24시간 내내 감지하는 것은 아닐 터이다.

그러기엔 학생들이 가진 마나의 한계는 명확하게 정해져 있을 거니까.

학생들의 감지 마법을 살피니 그 조건을 비로소 알 수 있었다.

바로 제단에서 사일러드의 몬스터가 나오자, 각기 다른 원소의 감지 마법이 눈에 띌 정도로 요동친다는 것이었다.

특히 대지 원소사의 감지 마법이 그랬다.

"이거 신기하군. 이런 방법을 생각해 내다니."

에타르도 무슨 조건인지 자신의 눈으로 직접 보고 파악한 듯했다.

"제단에서 나온 몬스터의 무게가 마법사보다 훨씬 무거운 것을 이용해 진동 감지를 펼쳐 놨다니. 이런 식으로 부족한 부분을 메꾼 거구나……."

땅의 울림으로 판단한 것이었다.

그리고 대지 원소가 아닌 다른 원소의 원리는 실로 간단했다.

대지 원소의 감지 마법이 발동하면 마력이 방출되기 마련인데, 바로 그 마력을 감지한 것이다.

대지 원소사처럼 땅의 진동을 직접적으로 감지하지 못하니 대지 원소의 감지 마법이 발동하면 그것을 감지하는, 악어와 악어새의 관계처럼 다른 마법에 기생하는 방법이다.

'이건…… 제법인데?'

내가 가진 마나가 학생들과 차원이 다르기 때문일까?

솔직히 이런 방법은 나도 생각해 본 적 없다.

정원 입구에 몰린 학생들은 쉽사리 정원 안으로 들어오지 못하고 주춤거리기만 했다.

학생들의 표정은 당혹감이 가득했다.

이유는 이미 본 적이 있는 내 둠 리포졸 때문은 아닐 테고…….

아마도 에타르 때문일 것이다.

바로 직전에 강당에서 신임 교수라고 소개했던 인물이 왜 제단이 활동하는 지금, 그것도 네 개의 제단이 모여 있는 2층의 명소에 왜 나와 있냐는 불만으로 가득한 당혹감이다.

"허허허."

에타르는 스스로 휠체어를 입구 쪽으로 돌리며, 너털웃음을 지었다.

그리고 아주 강력한 불 원소 차단 마법을 정원 입구에 걸어 버렸다.

깜짝 놀란 나는 플레우드 구체 하나를 그에게 붙여, 링킹으로 물었다.

'뭐 하는 거야? 이렇게 대놓고 해도 되겠어?'

'어차피 웝도 그러라고 했는데요, 뭘. 굳이 마다할 이유는 없을 것 같네요. 제가 욕먹고 질타받는 게 하루 이틀입니까?'

'……'

내가 사라진 기간 동안 홀로 갖은 화살을 맞으며 싸운 그다.

지금도 그것은 현재 진행 중이니, 어차피 질타를 맞노라면 익숙한 자신이 앞장서서 1차적으로 전부 맞겠다는 뜻이었다.

괜히 미안한 마음이 가득 드는 순간이다.

스승이라는 놈이 죽어서도 그렇고.

환생해서도 제자를 잔뜩 고생만 시키고 있으니 말이다.

"교수라는 분이 왜 학생을 돕습니까! 이런 적은 그동안 없었다고요!"

그러던 중, 역시나 불만을 품은 학생 하나가 에타르를 향해 소리쳤다.

에타르의 답변이 더욱 가관이었다.

"그동안 없었던 거지, 앞으로도 없을 거라는 말은 아니지 않니? 세상엔 이변이 많은 법이란다."

평소 그의 성격이 아니다.

보통 이런 경우라면, 내가 아는 에타르는 분명히 둘 중 하나의 행동을 택했을 거다.

조용히 입을 꾹 다물고 있든가, 최대한 친절하게 답했을 터다.

그런데 완전히 인격이라도 뒤바뀐 듯, 지금은 학생들을 향해 '내가 너희의 적이다!'라고 광고라도 하는 것 같은 기분이다.

에타르의 답변은 거기에서 끝이 아니었다.

"너희도 보다시피 내 분교 출신의 학생을 돕는 건데? 그렇게 부러우면 네가 다녔던 분교의 교장이었던 교수를 찾아가든가. 아, 공교롭게도 너의 교장은 이곳에 없구나?"

불만을 토로한 학생은 미르네 분교 출신이었다.

리비아와 카비르는 2층에 코빼기도 보이지 않으니, 학생이 도움을 청할 곳은 어디에도 없다.

"이걸 본교의 교장 선생님이 아시면 난처해지실 텐데요?"

마땅히 반박할 말이 떠오르지 않은 학생은 급기야 역으로 에타르를 협박하기에 이르렀다.

당연히.

씨알도 안 먹힐 협박이다.

에타르는 가볍게 무시하고, 링킹을 통해 내게 말했다.

'불꽃놀이를 어서 보여 주시죠, 아르키스 님.'

이곳을 벗어나기 위해 얼른 끝내 달라는 주문이다.

'오냐.'

화르르륵-!

그와 동시에 둠 리포졸은 연결된 영롱의 나무를 이용해 거대한 불의 줄넘기를 시작했다.

줄이 몬스터의 몸을 스치고 가자, 그대로 절단되면서 제단에서 나온 몬스터는 무기력하게 불타며 소멸했다.

'키햐, 아름답네요. 타일런트도 저 불꽃놀이를 시켜 주고 싶을 정도로요.'

에타르의 감상이다.

[아르텔]

-포인트 : 24/30

그리고 제단 사냥도 끝을 알렸다.

알프릭은 테슬라를 찾아 그와 함께 있다.

이름만 알 뿐, 얼굴도 모르는 학생이었다.

그런데도 금방 찾아서 함께할 수 있는 이유는 아주 간단했다.

바로 더블 캐스터.

이미 라믹 분교 출신의 물과 어둠의 더블 캐스터라는 건 알고 있다.

그렇다면 라믹 분교의 교복을 입은, 머리카락이 파란색과 검은색이 반반으로 뒤덮인 학생을 찾으면 그만이었다.

찾는 과정도 알프릭에겐 꽤 쉬운 작업이었다.

바로 본교 2층 천장에 있는 샹들리에.

그것을 이용하면 그만이었다.

샹들리에는 시설물에 지나지 않지만, 발광 물체.

제각각의 샹들리에에서 나오는 빛을 실처럼 전부 이어, 2층 전부로 퍼트린 것이다.

빛에 자신의 시야를 공유해 어떤 학생이 어디에 있는지 찾아내는 방법이었다.

학생들이 사용하는 감지 마법의 상위 호환이다.

현재 테슬라와 알프릭은 2층 복도 어딘가에 있다.

이곳엔 3급 제단 하나가 덩그러니 놓여 있었다.

경쟁하는 학생도 많지 않았다.

테슬라를 포함해 이곳에 모인 학생은 열 명.

알프릭이 그에게 물었다.

"왜 이곳으로 선택했지?"

이미 알프릭은 윕이 설치하고 간 모브 덕에 제단의 위치를 전부 알고 있다.

사실, 그게 아니었어도 테슬라를 찾았을 때 쓴 마법 덕분에 더욱 상세하게 알았을 것이다.

다른 곳도 많은데 굳이 이곳을 찾은 이유가 궁금했다.

"정원에 제단이 네 개나 있던데."

"저도 여기에 도착하자마자 제단부터 찾았죠. 그런데 정원에 아르텔의 마법이 있더라고요?"

아르텔이라는 이름에 알프릭은 흠칫했다.

그의 이름을 이렇게 아무렇지도 않게 부른다는 게 그저 신기할 따름이다.

하지만 테슬라는 아르텔의 정체를 모르기에 최대한 내색하지 않고 숨겼다.

"그 마법을 부수면 되잖아?"

"절대 못 부숴요. 그 괴물 같은 놈, 개랑 경쟁하느니 빈집을 터는 게 최고라고요. 근데 교수님은 왜 저를 찾으셨어요?"

"아, 그거?"

알프릭은 그제야 테슬라를 제외한 학생들에게 마법을 구

현했다.

그의 시그니처 마법.

빛의 봉인검이다.

"으잉?"

알프릭의 돌발 행동에 테슬라는 물론이고, 당하는 학생들도 눈이 휘둥그렇게 변했다.

"이러려고. 빨리 저 몬스터들이나 처리해."

윕은 쿠로를 깊고도 깊은 구석으로 데리고 왔다.

평소 2층에 있는 학생들도 이런 복도가 있었는지는 모를 정도로 어둠에 가려져 보이지 않던 곳이다.

"여긴 어디죠?"

쿠로가 물었지만, 윕은 대답이 없었다.

그저 침묵만 간직한 채로 걸었고, 쿠로는 뒤를 졸졸 쫓을 뿐이었다.

그렇게 걷고 나니, 드디어 윕이 멈췄다.

멈춘 곳엔 제단과 똑같이 생긴 시설물 하나가 있었다.

"……제단?"

"아니."

윕이 제단처럼 생긴 곳 앞에 서자 포털이 열렸다.

'웨이포인트였어?'

그제야 쿠로는 제단처럼 생긴 시설물의 정체를 알았다.

"따라와."

웝은 한마디만 남기고 포털 속으로 먼저 몸을 밀어 넣었다.

쿠로는 호기심으로 가득한 채로 그의 뒤를 따라 포털을 통과했는데, 펼쳐진 광경을 보고 오히려 더 의아했다.

"……어디예요, 여기?"

분명히 2층 복도와 똑같은 곳이었기 때문이다.

"따라오기나 해."

하지만 웝의 목적지는 아직 더 가야 나오는 듯했다.

해답을 찾은 실험

윕의 최종 목적지는 어두컴컴한 교실이었다.

말이 교실이지 본교의 시설물이 다 그렇듯이, 교실에 있어야 할 필수 가구들은 없다.

공실이라고 부르는 게 조금 더 알맞은 표현이었다.

윕에게 이끌려 온 쿠로는 교실의 모습을 눈에 담았다.

"생긴 건 교실인데…… 아무것도 없네요?"

그의 질문은 무시하고 윕은 느닷없이 거대한 어둠 원소 구체 하나를 구현했다.

그리고 팔을 걷고, 구체를 주물럭거리며 만지기 시작했다.

"뭐 하시는 거죠, 교수님?"

"가만히 지켜보기나 해."

역시나 되돌아오는 건 싸늘한 답변뿐이다.

웝은 친절함이라는 단어를 태생부터 모르는 듯한 태도다.

웝이 만지는 어둠 원소 구체는 서서히 어떠한 형태를 갖추기 시작했다.

"……어? 저건……?"

쿠로도 모르는 마법이 아니다.

1층은 물론, 2층에서도 본 적이 있는 마법.

바로 제단을 지키기 위해 아르텔이 설치해 놓은 그 피조물 마법이다.

웝도 둠 리포졸의 성형을 끝내고 마나를 주입했다.

그러자 검은색 기류로 뒤덮인 둠 리포졸이 쿠로를 무섭게도 노려봤다.

웝은 이상한 점을 발견했다.

'어라? 아르텔 것보다 크기가 작은데……?'

아르텔이 만든 것은 분명히 그 높은 천장에 머리가 딱 닿을 정도였던 것으로 기억한다.

그러나 교수 웝이 만든 이 마법은 2m가 조금 넘는 것으로 보였다.

웝은 쿠로의 반응을 살피지 않고 설명부터 시작했다.

"이건 둠 리포졸이라는 마법이다. 네가 본교로 입학했을 때는 본교에서 수업이 있는 건 4층부터라고 설명을 들었을 거다."

"네, 기억하고 있습니다."

"그 4층에서 배우는 게 바로 이 마법이야. 둠 리포졸. 경비를 담당하는 피조물 마법이지."

"질문이 하나…… 있는데요."

"말해 봐라."

"아르텔이라고 아시죠?"

웝은 헛웃음을 지었다.

본교에서 그 학생을 모르는 사람이 어디 있겠냐는 뜻이었다.

"아르텔도 저 마법을 쓰던데……. 본교 4층에서 배우는 마법을 어떻게 알고 있는 거죠?"

"그건 나도 모른다. 아무튼, 그게 중요한 게 아니다."

웝은 딱딱하게 잘랐다.

이제 쿠로의 구미가 당길 만한 협상의 시작이다.

"네가 여기에서 이 마법을 익히면 보상으로 29포인트를 주지. 어때? 이 정도면 제단 경쟁 참여를 못 한 보상은 충분하다고 생각하는데."

"29포인트요?"

쿠로의 목소리가 한껏 올라갔다.

보상이 있어서 따라오긴 했지만, 이 정도로 복에 겨운 보상일 줄은 정말이지 생각도 못 했다.

게다가 29포인트를 받으면, 다시 제단 경쟁에서도 유리한

점이 한둘이 아니다.

2층에서 1포인트를 주는 제단은 2급.

가장 등급이 낮은 곳이기에 그만큼 경쟁력도 약하다.

쿠로는 이 마법만 익힌다면, 2급 제단 주위를 어슬렁거리다가 처리만 해도 손쉽게 3층으로 갈 수 있게 된다.

"어떻게 하면 됩니까!"

그는 큰 고민도 하지 않고 즉각 답했다.

웝은 만족스러운 미소를 띠며 즉시 둠 리포졸의 구현 방법을 쿠로에게 알려 주기 시작했다.

"어차피 4층에서도 배울 거지만, 더블 캐스터의 특혜라고 생각해라. 예습이라고 해 두지."

"감사합니다!"

그렇게 둘만의 작은 수업이 열렸다.

웝은 둠 리포졸 구현 방법을 알려 주면서 쿠로가 보이지 않도록 모브를 활성화하고, 꼭대기에 있는 타일런트에게 보고를 올렸다.

―이쪽은 특별한 문제 없이 진행됐습니다.

웝이 쿠로를 데리고 간 곳이 바로 본교 3층이다.

타일런트는 제단의 이상 현상을 확실히 파악하기 위해 가장 의심이 가는 쿠로와 테슬라를 한번 떨어트려 본 것이었다.

당연히, 본교가 학생에게 따뜻했던 적은 결단코 한 번도 없었다.

그런 본교가 학생에게 보상으로 29포인트나 준 이유.

그건 29포인트라는 보상을 대가로 행해진 작업이 타일런트에게 있어서 가장 중요한 일이었기에 그 정도는 감수할 수 있다는 뜻이다.

—그 학생이 둠 리포졸을 익히면 다시 2층으로 보내고, 테슬라 학생에게도 똑같이 제안하도록. 졸업을 위한 포인트가 1만 남게끔.

그리고 새롭게 지시가 내려왔다.

—알겠습니다.

정원에서의 제단 경쟁은 정말 시시했다.

에타르는 학생들이 들어오지 못하도록 막았고, 그사이에 내 둠 리포졸이 모든 것을 처리했으니까.

그야말로 학생들은 눈 멀쩡히 뜨고 있는데 코를 베인 격이다.

난 에타르의 휠체어를 끌며 유유히 정원 입구를 지났다.

그러자 따가운 눈초리가 우리 둘을 괴롭혔다.

'이거 참. 빨리 2층을 탈출해야겠는데요?'

그에게 연결된 링킹은 여전히 해제하지 않은 상태다.

에타르가 내게 말을 건넸다.

―어차피 포인트는 6밖에 안 남았잖아. 이제 한 번만 더 하면 돼.

정원에 네 개의 제단이 모여 있는 덕에 2층 생활 1일 만에 졸업 직전의 포인트를 얻게 되었다.

애초에 2층에 막 올라왔을 때, 정확히는 에타르가 본교의 교수로 오기 전의 일이다.

그에게 최대한 빨리 6층으로 향하고, 그곳에서 준비가 끝나기를 기다리겠다고 한 적이 있었다.

그 계획은 지금도 유효하다.

다만, 약간의 수정만이 있을 뿐이다.

당시엔 에타르와 나는 떨어져 있던 사이지만, 지금은 같은 층에 있어야 하는 조건이 새롭게 생겨났다.

사실, 조건이라고 하기에도 민망할 정도로 아무런 제약이 없지만.

학생들 무리를 거의 빠져나왔을 때.

그들의 수군거리는 소리가 노골적으로 귀에 꽂혔다.

"이건 말도 안 돼. 어떻게 본교장 출신이 학생을 도와줘? 게다가 전 대마법사의 제자들이자 현 대마법사와 동문 이잖아."

학생들은 에타르와 타일런트 사이의 깊은 앙금은 알지 못한다.

그저 표면적으로 동문으로 알려졌으니 그런 줄 아는 것이고 실력도 타일런트와 비슷할 거라고 생각한 모양이다.

'잠깐만 멈춰 주세요, 아르키스 님.'

그때 에타르가 내게 청했다.

'또 뭐 하려고?'

'제가 누굽니까?'

'에드 에타르지, 그럼 누구야?'

'아, 질문이 이상했군요. 제 원소요.'

'불.'

'맞습니다. 그래서 제가 불 지피는 거 잘합니다. 이번에도 한번 지펴 보려고요.'

'······응?'

일단은 그의 요청대로 휠체어를 멈추자, 에타르가 불만으로 가득한 학생들에게 말했다.

"이 학교의 교장이 우리에게 부여한 임무인데, 직접 올라가서 따지지 그러냐?"

그 순간.

학생들의 표정은 각양각색으로 변했다.

황망, 허탈, 분노, 부정 등등.

긍정적인 감정이 아니라는 게 공통점이다.

'이렇게까지 막나가도 되는 거야?'

'뭐 어떻습니까? 어차피 타일런트도 자신의 계획이 거의 완성됐다는 생각에 앞뒤 안 가리고 나오는데요. 너희도 똑같죠, 그건.'

'……내가 알던 에타르가 원래 이랬나?'

'지난 300년이 절 변하게 만든 것뿐입니다. 이제 가시죠. 불을 지폈으니 결과가 어떻게 될지 지켜보는 것도 하나의 재미라고 할 수 있겠네요. 효과는 별로 없겠지만.'

에타르의 답변 덕분에 시끄러웠던 학생들의 불만은 잠시 정적이 찾아왔다.

나도 그때가 평화롭게 벗어날 수 있는 절호의 기회라고 생각하고, 에타르의 휠체어를 끌며 정원 입구에서 벗어났다.

"여기서부터는 나 혼자 가지."

정원에서 제법 멀어졌을 때, 에타르가 말했다.

주위에 보이는 학생들은 없지만, 내가 당부한 것을 잊지 않겠다는 의지라도 보이는 듯이 그는 나를 반말로 대했다.

"네, 그러시죠, 교수님."

그의 휠체어 손잡이에서 손을 뗀 순간, 나도 연결했던 링킹을 해제했다.

우리는 복도에서 헤어질 때 눈빛으로만 간단한 인사를 남겼다.

그러곤 각자가 있던 곳으로 흩어졌다.

'불구경이라…….'

에타르가 학생들 상대로 지핀 불.

효과가 별로 없을 거라고 말했지만, 에타르는 나름대로 현명한 판단을 내린 것으로 보였다.

효과를 기대하지 않더라도 시도라도 해 보는 것과 시도를 않는 것은 큰 차이가 있으니까.

'그래도 일말의 효과는 있길 기대하지, 에타르.'

난 이미 사라진 복도에서 그에게 전해지지 않을 응원을 남겼다.

'네 선택은 아직까지 틀린 적 없잖아? 나를 찾은 것도 그렇고 타일런트와 대항하는 것도 그렇고.'

뿌듯한 마음으로 기숙사에 들어가기 직전.

누군가가 내 뒤에서 팔을 붙잡았다.

난 흠칫 놀라며 팔을 뿌리치고, 황급히 뒤를 돌아봤다.

"뭘 그렇게 놀라?"

"……키에나."

키에나 혼자서 갑자기 날 찾아온 것이다.

"모브로 그렇게 연락을 했는데도 안 받고."

'……확실히 분위기가 달라졌는데. 아니, 며칠 사이에 인상까지 달라진 느낌이잖아?'

키에나는 눈에 초점이 있는 듯 없는 듯 한 모습이었다.

눈을 제대로 뜨고 있는 건 분명히 맞는데 의식이 있는 건지, 없는 건지 모를 지경이었다.

키에나는 분교 생활에서부터 내게 말을 걸 땐 하나의 공식이 있었다.

어쩔 땐 누나처럼.

또 어쩔 땐 엄마처럼.

늘 웃고, 자상하게 나를 대했다.

그런데 이상하게도 본교에 들어오고 나서의 키에나는 정말 나처럼 영혼이 뒤바뀌기라도 했는 듯이, 지금처럼 표정에 웃음기가 없었다.

그녀는 자신의 모브를 보여 줬다.

—아르텔, 할 말 있어.

—어디야?

—읽긴 한 거야?

—뭐 하고 있는 거야, 도대체?

—나 되게 심각하고 급한데.

내게 보낸 메시지들이다.

나도 내 모브를 확인하니 그대로 와 있었다.

"아, 미안. 조금 바빠서."

"바쁘다는 게 이거였지?"

키에나는 모브를 통해 다른 것을 보여 줬다.

[키에나]

-포인트 24/30

난 고개를 끄덕였다.

나와 팀으로 활동하는 중이니, 내가 제단을 처리해도 키에나는 물론 헤이와 밴시까지 똑같이 오른다.

키에나는 표정이 없지만, 생각만큼은 얼핏 예측할 수 있었다.

'우린 이제 막 2층에 왔는데 벌써 혼자 24포인트나 모으고 온 거야?'라는 말이 하고 싶었던 것이리라.

그런데 키에나는 의외의 주제를 꺼냈다.

"그래, 그런데 이게 중요한 게 아니야. 나 정말 하고 싶은 말이 있어."

그러고 보니 키에나가 내게 보낸 첫 번째 메시지도 할 말이 있다는 거였다.

심각하고 급한 거였기 때문에 얼굴빛이 더욱 어두운 것일까?

내게 있어서도 요주의 인물이니 신경을 안 쓸 수가 없었다.

"그게 뭔데?"

내 질문에 답은 하지 않고 그녀는 주위를 둘러봤다.

대충 슥 훑는 것도 아니고 시선을 천천히 옮기는 것이 꼭 누가 주위에 있기라도 하면 큰일 나는 것같이 느껴질 정도다.

'이상한데⋯⋯.'

요새 본교가 돌아가는 추세도 상당히 거슬리는데, 키에나까지 신경을 쓰이게 하니 나도 슬슬 머리가 아파 오는 참이다.

"왜 그래?"

여전히 답은 하지 않고 주위를 한참이나 유심히 살핀 키에나는 다시 내 손목을 붙잡았다.

"따라와. 보여 줄 게 있어."

"어디를?"

"일단 따라오기나 해."

키에나는 끝까지 알려 주지 않고, 붙잡은 내 손목을 이끌고 발걸음을 뗐다.

"⋯⋯?"

그 순간, 나도 이상한 것을 느꼈다.

일단 답이라도 들을 생각으로 꼬치꼬치 캐묻는 나를 키에나가 잡아당기길래 나도 발에 힘을 주면서 버티려고 했는데, 키에나의 힘을 못 이기고 그대로 끌려가 버렸기 때문이다.

'아무리 갑작스럽게 잡아당겼다고 해도…… 원래 이렇게 힘이 셌나……? 비전력 때문에 신체 단련까지 한 몸인데.'

헤이면 모를까, 체구도 작은 키에나가 나를 어떻게 힘으로 이끌고 있단 말인가.

키에나는 그렇게 나를 이끌고 묵묵히 걸었다.

그녀의 뒤통수가 오늘 유독 기이하게 보이는 날이다.

그렇게 도착한 곳은 키에나의 기숙사였다.

기숙사에 들어오고 나서도 키에나는 문단속을 철저히 했다.

그리고 나를 침대에 앉혀 놓고, 내 앞에 섰다.

"도대체 무슨 말이 하고 싶길래 이렇게 유난이야?"

"쉿. 심각해, 정말로. 그냥 보기만 해."

그녀는 갑자기 두 손을 자신의 가슴 앞으로 모았다.

그러자 심각함의 정체가 드러났다.

"……어?"

너무 깜짝 놀라서 나도 모르게 침대에서 벌떡 일어났다.

키에나가 어둠 원소 구체를 구현해 버린 것이다.

"아르텔, 이거 어둠 원소 구체 맞지? 나 정말 더블 캐스터였던 거야?"

"직접 눈으로 보고 있잖아."

에드 분교에서 일부러 어둠 원소 수업과 불 원소까지 듣게 했는데도 터득하지 못했는데, 본교에서 고작 며칠 생활한 것만으로도 더블 캐스터가 되었다는 사실은 나 역시도 납득하기 힘들었다.

본교만의 어떠한 비밀이 있거나, 본교에 특수한 환경이 있는 것도 아닌데 말이다.

'아닌가……? 본교의 특수한 환경이 있긴 하지, 제단.'

사일러드의 힘이 새어 나오는 제단이다.

나도 키에나가 사일러드와 깊은 연관이 있을 것 같다고 예상은 하지만, 고작 보는 것만으로 갑자기 더블 캐스터가 되는 게 가능이나 할까?

심지어 따로 수업을 받는다거나, 사일러드의 몬스터에게 직접 공격당한 적도 없었기 때문에 더더욱 해답을 모르는 문제였다.

"언제부터 사용할 수 있게 된 거야, 어둠 원소 구체?"

"1층에서부터 교대하고 나면 혼자 기숙사에서 연습해 봤어. 그런데 오늘 갑자기 되네."

키에나는 무표정으로 답했다.

"어둠 원소 연습은 갑자기 왜?"

"본교에서 나도 더블 캐스터일 가능성이 있다고 했잖아. 그래서 해 봤지. 어차피 할 것도 없었으니까."

"……."

에드 분교 6클래스의 일이다.

포머가 그렇게 성심성의껏 수업을 통해 가르쳤을 땐 안 되던 게, 이제야 갑자기 된 이해할 수 없는 상황이다.

그리고 요즘 부쩍 키에나의 표정이 이상하다고 했는데 어둠 원소를 다룰 수 있게 되면서 성향이 그리 바뀐 것이라고 추측했다.

난 키에나에게 어둠 원소 마법 하나를 보였다.

바로 드라코 가문의 시그니처 마법 검은 송곳이다.

"키에나, 이거 할 수 있겠어?"

"송곳처럼…… 만드는 거?"

"응."

"어렵진 않을 거 같은데."

오늘 막 어둠 원소를 익힌 키에나는 과연 몇 서클 수준까지 사용할 수 있을까.

그것을 판단하기 위함이다.

낮은 서클부터 시작하는 게 아닌, 역순으로 높은 서클로 시작해 한 단계씩 내려올 생각이다.

지금 내가 알고 싶은 건 키에나가 원소사로서의 역량이 어디까지인가니까.

그런데 다시 충격적인 상황이 연속되었다.

푸슷!

키에나는 검은 송곳을 아무런 무리도 없이 구현한 것이다.

"……."

에드 분교 0클래스 때가 생각났다.

적당히가 없는 키에나.
그 모습이 다시 나타났다.

트레샤는 제일 늦게 대기실로 복귀했다.
"학생들이 제단을 닫은 지가 언젠데 이제야 와?"
들어오자마자 수고했단 말보단 핀잔이 먼저였다.
그런 매몰찬 인사를 한 사람은 알프릭이었다.
"아니, 내 담당 학생이 안 보여서 한참이나 찾았지."
하루 이틀 겪는 일도 아니다.
트레샤도 전혀 신경 쓰지 않으며 평온한 답을 내놨다.
"네 학생? 미르네 분교 출신 더블 캐스터?"
"응. 본 적 있어?"
"아니, 없는데. 뭐야, 본 적 있냐고 묻는 걸 보면 아예 못 만났다는 거 같은데."
"계속 찾고 있는데도 도통 보이지가 않아서 말이야. 2층에 아예 없는 것 같은데."
"그게 가능해?"
과거에 이 학교를 관리하는 자신들도 웨이포인트가 전부 막히는 바람에 층을 마음대로 드나들 수 없는 실정인데, 이제 막 본교로 입학한 학생이 독단적으로 어떻게 그럴 수 있냐는 질문이다.

말이 되지도 않는 현상이다.

"그러니까 말이야. 그 학생이 하늘로 솟은 게 아니라면, 내가 못 찾을 이유가 없는데."

트레샤가 학생을 찾은 방법도 알프릭과 똑같았다.

탭 테이킹을 이용해 시야를 연결한다.

그리고 미르네 분교 교복을 입고, 회색과 검은색으로 뒤덮인 학생을 찾으면 됐다.

학교에 돌로 이루어진 바닥, 벽, 천장이 없는 곳은 없으니까.

그런데 2층 모든 구석을 뒤져도 찾아볼 수 없다는 것이 문제였다.

"그렇다면 웝 교수가 따로 어딘가로 데리고 간 게 아닐까?"

에타르가 넌지시 일렀다.

"데리고 가려면 말이라도 하든가. 하여간 마음에 안 드네."

트레샤도 크게 개의치 않으며 침대에 몸을 눕혔다.

"그래도 나쁘지 않네. 그 학생이 없는 기간 동안 밖에 안 나가도 되잖아?"

"……참 생각하는 게 단순해서 좋겠다. 가끔은 그런 네가 부럽다니까, 생각 없이 사는 거."

알프릭의 시비일지 모르는 말이었다.

트레샤는 그런 알프릭을 향해 천진난만하게 손가락을 브이 자로 만들었다.

은근히 자랑하는 듯한 행동이다.

셋이 모이면 분위기가 늘 이렇다.

마법 사회에서의 그들의 직위는 제법 높지만, 이렇게 셋만 모인 자리에서는 그런 직위를 전부 잊고 순수했던 옛날로 돌아가는 것이다.

"그런데 다들 어땠어, 학생을 돕는 거? 반발이 심하지 않아?"

누워 있던 트레샤가 앉은 자세로 고치며 물었다.

"당연히 심했지."

유독 귀에 꽂히는 것은 에타르의 목소리.

상당히 흐뭇해했기 때문이다.

"표정이…… 왜 그래?"

"그래서 불 좀 지폈어. 과연 어떤 효과를 낳을지 지켜보자고."

제단 경쟁이 끝난 뒤, 교수 웝이 지내는 교수실 앞엔 발도 제대로 디딜 틈이 없을 정도로 학생들이 빼곡하게 들어섰다.

2층의 모든 학생이 이곳으로 모였다고 봐도 될 정도다.

아니, 조금 더 정확히 말하자면.

여섯 명만 제외하고 전부 이곳으로 모였다.

아르텔, 밴시, 헤이, 키에나.

그리고 쿠로와 테슬라.

여섯 명의 공통점은 이번 사태에 대해 아무런 불만이 없는 학생들이라는 것이다.

교수실 앞에 모인 학생 중, 대표로 나온 학생 두 명이 있었다.

클레어와 케이였다.

클레어는 당차게 교수실 문 앞에 서서 문을 힘껏 두드렸다.

공손하게 표현해서 두드렸다고 하는 것이지, 주먹으로 내리치는 중이라고 보는 게 조금 더 가까웠다.

하지만 교수실은 묵묵부답.

계속 침묵만을 유지하는 중이었다.

"안 계신 거 아니야?"

케이가 물었다.

케이도 이번 사태에 화가 나긴 했지만, 적어도 클레어보다는 아니었다.

케이와 클레어의 남은 포인트는 고작 5.

4급 제단 한 번만 닫으면 바로 다음 층으로 향할 수 있다.

"그럴 리가. 여태껏 한 번도 안 계신 적은 없잖아."

"그렇긴 하지……. 근데 계시는데 굳이 대답을 안 하는 것도 이상하잖아."

"찔리니까 그렇겠지."

이성적으로 판단하려는 케이와 달리 클레어는 감성이 이미 머리를 지배했다.

딱 보고 싶은 대로 보고, 보이는 것만 보는 상태에 빠져 버린 것이다.

쾅쾅쾅! 쿵쿵!

클레어는 급기야 주먹으로 못질하듯 문을 두드렸고, 그래도 답이 없자 마지막엔 발로 차기도 했다.

그런다고 찾아오는 변화는 없었다.

정원에 놓인 아르텔의 둠 리포졸처럼 묵묵부답을 고수하는 중이다.

"짜증 나네……."

아예 문을 부술 생각으로 클레어가 문에 손을 대고 빙결 마법을 시전한 그 순간.

케이가 다급하게 그녀의 손목을 낚아채며 문에서 떨어트렸다.

"뭐 하는 거야?"

"아무리 생각해도 이상하잖아."

"뭐가?"

"본교가 언제부터 학생을 도왔어? 그만한 이유가 있다는 뜻 아니야? 근데 돕는 학생들의 공통점을 생각해 보면 전부 더블 캐스터야. 재능이 있는 애들이라는 거지."

"그래서 지금 그 이유를 알려고 다 여기에 모인 거잖아."

"아니, 내 말은 그게 아니라."

케이는 고개를 절레절레 저으며 문 앞에 섰다.

몸으로 문을 막은 것이다.

클레어의 주의를 문에서 완전히 돌리고 자신에게 집중하게 하려는 의도적인 몸짓이다.

"우리가 분교에서 생활할 때, 도서관에서 봤던 책 기억하지?"

케이는 과거를 들췄다.

클레어는 조금은 뜬금없다고 생각되는 것도 잠시, 순수했던 그때를 회상하게 되었다.

라믹 분교 0클래스에서 둘은 처음 만났다.

시작은 가벼운 호감.

그러다 함께 생활하는 나날이 오래 지속되면서 점점 마음이 깊어진 케이스다.

그리고 라믹 분교 5클래스 때, 둘은 미래를 함께하는 사이를 약속하며, 지금 서로가 끼고 있는 한 쌍의 반지를 나눠 가졌다.

대신 그 약속이 이루어지기 위해서는 하나의 조건이 필요했는데, 그것은 바로 명색이 둘 다 마법사이니 마법사로서 거둘 수 있는 최고의 성과인 본교 졸업이었다.

그래야 안정도 찾아오고 여유롭게 여생을 함께할 수 있을 거라는 생각에 건 조건이었다.

본교로 오기 전까지 5클래스부터 6클래스까지.

둘은 매일같이 도서관에 같이 가며 《본교의 입학 조건》이라는 책을 함께 읽었다.

하도 많이 읽어 이제는 책 내용 전부를 외울 수 있는 정도인데도, 심지어 지금까지도 하루도 빼지 않고 분교 졸업까지 같은 나날을 반복했다.

책 속에 적힌 문장.

본교의 최상층, 꼭대기라는 곳엔 마법사들이 원하는 모든 것이 있습니다. 강한 마법을 다루는 방법, 권력, 부. 그 모든 것이요.

이 한 문장을 계속 읽고 있노라면 마치 둘은 현재 꼭대기에 있는 것 같은 기분을 느꼈으니까.

꼭대기에서 졸업하고 나면 기다리는 안락한 둘만의 여생.

그 행복한 기원을 이루고 싶은 간절함을 담은 독서였다.

"그걸 어떻게 잊어?"

추억을 들추자, 클레어도 조금은 순종적으로 변했다.

"분명히 그 책도 그렇고 우리가 본교로 처음 와서도 그렇고. 본교의 최상층인 꼭대기로 향하는 건 재능 있는 학생들만 가능하다고 했잖아."

"응."

"근데 그게 누군가가 도와줘서야? 전부 자력으로 해결해야 했던 일이잖아."

"……."

"아무리 재능이 있어도 자력으로 올라가야 했던 곳이라고. 그런데 지금 이변이 일어났어. 분명히 이유가 있는 거야. 그 이유가 생긴 계기도 알고 싶고."

모든 결과에는 이유라는 게 없을 리가 없다.

이유가 있어야 결과가 있고, 그 이유에는 또 어떠한 계기가 있어야 한다.

케이가 말하고 싶은 것은 지금 이유를 찾는 것보다 계기를 찾아보는 게 우선이지 않느냐는 제안이다.

"이유를 알면 계기도 알 거 아냐. 그래서 다 여기에 모인 거고."

클레어는 복도를 가득 메운 학생들을 가리키며 답했다.

"후우, 이러면 같은 얘기를 반복하게 되는 건데. 클레어."

케이는 그녀의 양쪽 어깨를 가볍게 감쌌다.

"교수님을 통해서 알아낼 수 없을 것 같아서 하는 말이야. 여태껏 한 번도 자리를 비운 적 없던 사람이 갑자기 자리를 비운 것도 무슨 이유가 있어서겠지. 안 그래?"

"아마도……?"

"그리고 알려 줄 생각도 없겠지. 그렇지 않고서야 저렇게 티 나게 학생을 도와줄 이유가 없잖아."

이 질문엔 클레어는 저도 모르게 고개를 끄덕였다.

정황을 따지면서 생각해 보면 다 맞는 말이기 때문이다.

"그래서 든 의문이 있어. 왜 더블 캐스터들만 돕는 건지. 그 목적은 어차피 뻔하잖아. 꼭대기로 올라오게 만들려고. 본교의 최상층은 거기밖에 없으니까. 그렇다는 것은 자력으로 올라가는 것과 누군가가 도와서 올라가는 게 차이가 없다는 뜻이 되잖아?"

클레어는 표정을 찌푸렸다.

당최 무슨 말인지 잘 이해가 되지 않아서였다.

케이는 숨겨 왔던 자신의 생각을 넌지시 꺼냈다.

"어쩌면…… 꼭대기라는 곳 말이야, 우리가 알고 있는 것처럼 그렇게 아름다운 곳이 아닐 수도 있지 않을까? 이런 생각이 들어."

케이가 꼭대기를 아름다운 곳이라고 칭한 이유.

분교, 본교 생활을 거치며 겪은 고생들을 한 번에 보상해 주는 낙원쯤으로 생각했기 때문이다.

마법사가 원하는 모든 것이 있다고 알려진 곳이니, 그렇게 생각하는 것도 무리가 아니다.

하지만 케이의 생각이 입 밖으로 나온 순간.

클레어의 표정은 더 찌푸려졌다.

"진심으로 하는 소리야?"

표정을 한껏 찌푸렸던 클레어는 난감한 표정으로 변했다.

그렇지 않아도 이곳은 현재 2층 학생 전부가 모여 있다고 해도 과언이 아닌데, 이런 말을 함부로 내뱉으면 큰 문제가 될지도 모르는 일이었다.

클레어는 다급하게 학생들 반응을 살폈다.

이미 그들도 케이의 말은 들었을 것이다.

그런데 참 신기하게도.

학생들은 제법 긍정적인 표정을 짓고 있는 중이다.

'……얘들도 케이랑 생각이 같은 건가?'

"클레어, 생각해 봐. 자력으로 올라가야만 보상으로 원하는 모든 것을 주는데, 왜 학생을 돕지? 그렇다는 건 보상이 그곳에 없을 수도 있다는 거잖아."

"……"

클레어는 케이의 말에 답하지 않고, 여전히 학생들의 반응만 살필 뿐이다.

학생들은 케이의 말이 좌중을 사로잡는 명연설이라고 생각이라도 하는 듯이, 기대감이 얼핏 서린 표정이었다.

케이가 이어서 말하려 할 때, 클레어는 손으로 그의 입을 막았다.

"나랑 따로 얘기 좀 해 보자."

케이가 가진 생각을 남들과 공유할 생각은 없다.

적어도 케이는 그녀에게 있어서 '남'은 아니니까.

자신만 듣고 싶은 마음에 클레어는 그를 기숙사로 데리고 갔다.

키에나를 침대에 앉혀 둔 나는 오히려 내가 안절부절못하는 듯이 좁은 보폭으로 이리저리 걸어 다니며 고민을 이었다.

키에나가 더블 캐스터로 거듭난 이 순간을 보고 한 가지 묘안이 떠올랐기 때문이다.

난 키에나의 양쪽 어깨를 부드럽게 감싸며 말했다.

"키에나, 네가 더블 캐스터라는 걸 교수님에게 알리자!"

"......?"

키에나는 뚱한 표정만 지었다.

'그걸 알린다고 해서 달라질 게 있기나 하는 걸까?' 하는 표정이다.

내가 교수에게 알리려고 하는 이유는 단 하나.

이 소식이 꼭대기에 있는 타일런트에게도 분명히 들어가기 때문이다.

그런데 타일런트는 지금 이상한 계획을 실행 중이다.

모든 분교까지 폐교하면서 에타르, 알프릭, 트레샤만 콕 집어서 내가 있는 층으로 일부러 붙였다는 것.

그리고 그 셋에게 학생들을 담당하게 하고, 학생들을 도우라는 이해할 수 없는 지시까지 내렸다.

그것은 순전히 우리가 하루라도 빨리 꼭대기로 갈 수 있도록 하려는 속이 뻔히 보이는 속셈이다.

왜?

더블 캐스터라는 훌륭한 재료가 6층과는 너무도 먼 곳에 존재하니, 그 재료들을 꼭대기로 빨리 조달시켜야 자신이 원하는 약물로 변환할 수 있으니까.

그런데 난 여기에서 가설 하나를 세웠다.

이미 에타르에게 들어서 안다.

타일런트는 밑의 세계에 있는 미하엘, 노힐 가문을 친위대장 데이먼을 시켜 제 손으로 없앴다는 것을.

특히나 노힐 가문의 경우엔 타일런트가 꼭 필요한 약초 조달을 오랫동안 책임진 가문이다.

그렇기에 역량이 한참이나 미달이었던 지크가 가주가 될 수 있었던 것이기도 하다.

그런 중요한 가문을, 제 손으로 직접 없앤다?

그것은 이제 존재할 가치가 사라졌다는 뜻이다.

약초를 넉넉히 공급받아서?

이제 더는 필요 없어진 것 같아서?

적어도 난 그건 아니라고 생각한다.

타일런트가 나를 죽인 것처럼, 우직하게 오랜 앞날을 바라보며 계획을 짜는 성향인 놈이 당장 필요 없어졌다고 노힐 가문을 내쳤을 가능성은 상당히 희박하다.

그보다는 만에 하나라는 경우의수를 누구보다도 심각하게 염두에 두고, 변수의 새싹을 사전에 차단하는 능력이 뛰어나다고 보는 편이 나았다.

'자, 그렇다면 타일런트에게 있어 변수는?'

이미 내가 에드 분교 6클래스 생활을 할 때부터 조각사, 특히 그중에서도 레지는 노힐 가문 담당이었다.

노힐 가문이 약초밭을 재건하기만 하면 다시 가서 부수고, 끝없이 감시하는 중대한 임무를 맡은 마법사다.

바로 그 변수를 아예 차단하려고 한 생각이 분명하다.

지속적으로 공격받는 노힐 가문.

그러나 저항할 힘은 없어서 당하기만 하는 가문.

그런 가문을 철두철미한 타일런트가 가만히 지켜만 보고 있었을까?

꼬리가 길면 밟힌다.

노힐 가문 때문에 꼬리가 길어졌다고 판단하고 싹을 잘라버린 것이다.

그래서 내가 세운 가설은 바로.

'만약, 그 약물을 만드는 수량이 정해져 있다면?'

인제 와서 약초를 다시 구할 방법은 없다.

밴시가 말하기로도 야생에서만 자라는 귀한 약초인데 그걸 하루아침에 찾아낼 수도 없을 것은 분명하다.

내가 에드 분교 생활을 할 때, 타일런트가 벌인 하나의 강수.

그건 바로 바로 검사와 마법사의 영역을 확실하게 나눈 일이다.

그 약초는 밑의 세계에만 있는 것이다.

그런데 영역까지 나눠 버리는 바람에 적어도 그 영역 안에서는 마법사의 활동이 상당히 자유롭다는 이점을 가지고 있긴 하지만 명백한 단점 또한 존재했으니, 바로 활동 반경에 전과 비교하자면 암담할 정도로 좁아졌다는 것이다.

'타일런트, 네가 내린 조치가 네 발목을 잡아 버렸구나?'

따라서 드레인 스펠을 사용하기 위한 약물을 만들 수 있는 수량이 정해졌다.

그래서 타일런트를 빨리 더블 캐스터들을 꼭대기로 불러오려는 것이다.

과연 그 수량이 몇 개인지, 확인하기 위해 일부러 교수 윕에게 알리자는 거다.

그런데 이상하게도 난 그 수량이 한 개는 절대 아닐 거라는 생각이 강력하게 들었다.

아마도 네 개 정도로 한정되어 있을 거라는 생각을 지울 수가 없었다.

이 정도로 확신이 들면, 사실상 가설이 아닌 정설이라고 봐도 무방하다.

이유는 간단하다.

1층에서 케린이 나를 두고 어떠한 실험을 한 적이 있다.

만약 수량이 한 개였다면, 케린이 내게 대련을 권할 때 혹할 만한 보상을 제시했을 거다.

이를테면…….

'곧장 위층으로 올라갈 수 있게 해 준다든가.'

그런 것들이다.

어차피 마법사 학생들의 최종 목적지는 꼭대기.

마법사가 원하는 모든 것이 있다고 알려진 그곳.

마법사들의 파라다이스.

그런 최종 목적지를 누구보다도 쉽게 갈 수 있도록 본교 교수가 나서서 해 주겠다는데, 마다할 학생이 어디 있을까?

그러나 케린은 그런 보상을 일절 제시하지 않았다.

그건 즉, 그 정도로 내게 목매달 이유가 없었다는 뜻이며 내가 후보 중 하나에 지나지 않을 뿐이라는 것을 암시한 행동이기도 했다.

따라서 내가 예상하는 남은 물약의 개수는 네 개.

에타르가 나를 담당하는 거야 그렇다 치고 넘어갈 수 있는데, 알프릭과 트레샤까지 각각 테슬라와 쿠로를 담당하게 했다는 점에서 든 생각이었다.

만일, 정말 만일.

내가 생각하는 네 개가 맞는 상황이라면.

새로운 더블 캐스터가 탄생했음을 알린다면 타일런트는 어떤 심정일까?

기뻐할까?

더블 캐스터라는 훌륭한 재료가 하나 더 늘어났는데?

평소라면 그러겠지.

지금은 상황이 다르다.

오히려 난처할 것이다.

사용할 수 있는 약물은 네 개.

그런데 재료가 사용 가능한 약물보다도 많은 상황이라면 신중한 선택을 해야 하기 때문이다.

제아무리 훌륭한 마법사라고 한들, 시간을 되돌리는 마법 따위는 없다.

즉, 한 번의 선택은 돌이킬 수 없는 것이 된다.

만약 정말 네 개라면.

타일런트는 별도 분류 작업을 거쳐야만 한다.

나를 포함한 다섯 명의 재료를 따로 평가하고, 등급을 나눠야 한다는 뜻이다.

재료 중에서도 훌륭한 재료를 선발하고, 가장 하찮은 재료에게는 미리 관심을 끊어야 하니까.

난 바로 이 혼란을 타일런트에게 선물하기 위해 키에나에게 그런 제안을 한 것이다.

그러나 키에나는 소극적인 자세를 보였다.

아니, 정확히 말하자면 소극적이기라기보단 귀찮아한다고 봐야 할 것 같았다.

"굳이 알릴 필요가 있을까? 어차피 알린다고 해서, 층을 쉽게 오르는 것도 아니고. 달라지는 게 없잖아?"

'정말 이상하군…….'

자신이 더블 캐스터인 걸 알았을 때, 내가 알던 키에나라면 주인을 맞이하는 강아지처럼 제 몸을 주체하지 못할 정도로 기뻐했을 거다.

실제로 에드 분교 생활 중에도, 소환사가 원소사보다 강한 마법사라는 왜곡된 사실을 알았을 때도 키에나는 그토록 기뻐하지 않았던가.

그런데 오히려 지금은 시큰둥한 걸 보면 성향이 한순간에 뒤바뀐 건 확실한 듯했다.

기존에는 지금처럼 실리를 따지는 성향은 확실하게 아니었다.

원소가 새로이 생기면서 없었던 성향도 새롭게 생겼다고 해석해야겠다.

"그렇긴 하지. 그런데 어차피 제단 경쟁을 하게 되면 학교는 물론 학생들도 자연스럽게 알게 되는 건데 굳이 숨길 필요가 있을까 싶어서."

대신 난 그런 근거를 들며 슬쩍 반박해 봤다.

"제단은 어차피 아르텔 네가 혼자 다 알아서 하잖아. 덕분에 우린 쉬고."

"……."

이건 또 할 말이 없어진다.

"뭐, 그래. 키에나의 생각이 그렇다면."

저렇게 완고한 태도를 취한 적이 언제 있기나 했을까.

굳이 강요하지 않았다.

"그럼 쉬어, 키에나. 많이 피곤해 보이네."

인상이 계속 무표정이기에 일부러 슬쩍 떠보듯이 말한 것이다.

'평소랑 인상이 너무 달라.'라는 뜻을 돌려 말한 거지만.

"별로 안 피곤한데……."

역시나 효과는 없었다.

"아무튼, 쉬어."

난 그렇게 키에나의 기숙사에서 나와, 내 기숙사로 향했다.

키에나에게 강요를 하지 않는다고 해서 이렇게 순순히 포기할 생각은 없다.

키에나와 헤이는 나도 유심히 관찰 중인 학생들.

보호의 대상이 아닌 감시의 대상이다.

따라서 키에나의 의견을 존중해 줄 생각도 없다.

내겐 키에나의 의사와는 상관없이 별도로 이 사실을 교수에게 전할 방법이 존재하니까.

내 기숙사에 도착한 나는 침대에 다이빙하듯이 누워 곧장 모브를 형상화했다.

에타르와 내가 연결된 그 모브다.

─에타르, 연락 가능한가?

─말씀하십시오. 무슨 일이라도 생기신 겁니까?

이번에는 즉각 답이 왔다.

아무래도 웝이 그 셋을 24시간 밀착 감시하는 건 아닌 듯했다.

─응, 나로서는 꽤 흥미로운 소식을 들고 왔다고 생각하는데.

─말씀해 주시지요. 저도 궁금한데요.

─키에나 알지?

─물론이죠.

─더블 캐스터 맞다. 사일러드와 똑같은 어둠 원소에 소환사.

그 순간 에타르의 답장이 끊겼다.

이건 갑자기 웝이 그가 있는 곳에 들이닥친 게 아니라, 꽤 충격적인 소식이기에 잠시 답장을 뭐라고 보낼지 생각할 시간이 필요한 것이리라.

난 느긋하게 에타르의 다음 답장을 기다렸다.

✤

"참…… 상황이 재미있게 흘러가는군."

에타르는 대기실에서 아르텔과 메시지를 주고받다가 저도 모르게 소리를 입 밖으로 냈다.

"왜, 뭔데?"

당연, 그의 친구들은 즉각 반응했다.

"그렇게 궁금하면 이리 와서 같이 보지 그러나? 아르키스 님에게 온 연락인데."

역시나 아르키스라는 네 글자는 이 셋에게 있어서 마법의 주문과 똑같다.

오직 마나를 주입한 시전자를 위해서만 움직이는 둠 리포졸과 똑같이 보일 지경이다.

트레샤와 알프릭은 단숨에 에타르의 양옆에 섰다.

셋은 함께 모브를 살폈다.

"키에나라면 분명히……."

알프릭과 트레샤도 그 학생의 존재를 모르지 않는다.

사일러드와 가장 유사한 공통점을 지닌 학생.

어쩌면 사일러드의 숨겨진 딸과 같은, 혈육이 아닐까 하는 의심을 사게 하는 그 학생이, 더블 캐스터로 거듭난 순간이다.

　－의심은 했지만, 정말 더블 캐스터일 줄은…….

에타르가 답장하자마자, 즉각 준비된 것만 같은 아르텔의 답장이 날아들었다.

　－그래서 말인데 이 사실을 빨리 웝에게 알려. 너는 알릴 방법이 있을 거 아냐? 같은 교수니까.

"흐음…… 무슨…… 생각이시지? 굳이 이걸 알리시려는 게?"
셋 중 가장 의아함이 짙은 사람은 트레샤였다.
당연한 반응이다. 아직 아르텔의 계획을 설명하지 않았으니까.
그의 계획을 알고 난 뒤의 셋의 반응이 궁금해지는 순간이었다.
에타르와 알프릭, 트레샤.
이 삼인방은 이어지는 아르텔의 메시지를 기다렸다.
아르텔은 속사포로 메시지를 보내기 시작했다.
그가 왜 웝에게 어서 키에나가 더블 캐스터가 되었는지를 알리려는지, 계획의 본질을 설명하는 순간이었다.

셋은 쏟아지는 메시지를 눈으로 빠르게 읽으며 연신 고개를 끄덕였다.

즉흥적으로 생각난 계획일 터인데, 확실히 꽤 근거도 있었으며 치밀한 계획이라고 느꼈다.

"역시, 우리의 스승님."

알프릭이 그를 찬양했다.

아르키스는 전 대마법사.

마법사는 머리로 싸우는 족속.

따라서 명석한 두뇌를 가진 마법사일수록 높은 서클에 오를 수가 있다.

그가 뱉은 한마디에서 자신들과는 비교할 수도 없을 정도로 명석한 두뇌를 가졌다고 느낀 것이다.

에타르도 이에 답장했다.

–확실히, 좋은 시도라고 생각됩니다. 알프릭이 감격의 눈물이라도 흘릴 기세인데요?

–아, 셋이 같이 보고 있었어?

–네. 어차피 저희 셋은 여기 대기실에서 싫어도 붙어 있어야 하니까요.

–싸우지들 말고. 저번에 보니까 여전히 티격태격하던데. 너희들 300년 전 모습과 똑같단 말이야. 나이를 먹었는데도 왜 붙어 있으면 예전의

철없던 모습이 나오는 거야?

　—하하, 꾸중하실 생각으로 말씀하셨을 텐데, 이상하게 기분이 좋네
요.

　적어도 에타르는 그 당시의 순수한 초심을 잃지 않았다는
칭찬으로 들렸기 때문이다.

　—아무튼, 그것 좀 부탁한다, 에타르.

　—그건 걱정하지 마세요. 부탁이라고 하기도 민망할 정도로 간단한 일
이니까요.

　—그럼, 결과 알려 주고.

　—네. 아 참, 이거 하나는 미리 알려 드려야 할 것 같습니다.

　—뭔데?

　—트레샤의 담당 학생인 쿠로가 2층에서 보이지 않는다고 합니다.

　—뭔 소리야?

　아르텔도 이해할 수 없다는 반응을 보였다.

　—덩달아 윕 교수도 모습이 보이지 않아요. 트레샤와 알프릭이 찾을
수 없을 정도면 2층에 없다는 소리인데. 아마도 쿠로 학생을 따로 어딘
가로 데리고 간 모양입니다.

　—흐음…… 그 학생을 데리고 뭔가 실험을 할 생각인가?

—저희 생각도 그렇습니다.

—참, 말 나온 김에 묻자, 에타르. 나도 궁금한 거 하나 있거든.

—말씀하시죠.

—지금 시대의 둠 리포졸은 어떤 마법이지? 특별한 의미가 있어?

"응? 무슨 말씀이시지? 특별한 이유라니?"

이번엔 트레샤가 의아하게 해당 부분의 메시지를 중얼거렸다.

"혹시…… 그건가, 둠 리포졸로 마법사가 가진 마나양을 예측하는 거? 아르키스 님은 모르시는 거 아냐? 타일런트 그놈이 만든 측정법이잖아."

알프릭이 에타르에게 넌지시 일렀다.

"그럴 수 있겠다. 그건 나도 알려 드리지 않은 부분이지."

둠 리포졸이라는 마법을 콕 집어서 물어보는 중이니, 그것 말고는 없을 거라는 생각에.

에타르는 즉시 알려 줬다.

—타일런트가 둠 리포졸을 이용해 측정법을 개발했습니다. 본래 마법사가 가진 마나양을 측정하는 방법이 없었잖아요? 바로 둠 리포졸을 이

용해서 마나양을 예측하는 겁니다.

　오호라…….
　그렇다면 1층의 교수였던 케린이 내가 했던 실험도.
　유독 둠 리포졸에게만 집착했던 그 모습까지.
　전부 설명이 된다.
　그리고 왜 그녀가 그런 실험을 자행했는지도 완벽히 이해가 되었다.

　-고맙다. 또 궁금한 거 있으면 물으마.
　-네, 알겠습니다.

　그렇게 에타르와의 연락은 끝이 났다.
　"그렇구나……. 낡은 마법인 둠 리포졸을 이 시대엔 그렇게 활용하는 중이다, 이건가."
　역시 구역질 나게 머리는 좋은 놈이다.
　나도 그런 방법은 생각해 본 적도 없었다.
　'잠깐, 그럼…… 윕이 쿠로를 데리고 간 이유도 둠 리포졸을 알려 주기 위해서?'
　1층에서의 케린은 내가 가진 마나양을 측정하기 위해 둠 리포졸 작동에 그렇게 집착했던 것이고.
　거기에 한술 더 떠서 그 상태로 대련까지 했다.

그 뒤로 케린은 나를 더는 귀찮게 하는 일은 없었다.

분명 케린이 타일런트의 지시로 움직였을 가능성이 큰 것을 넘어 100%라고 볼 수 있었다.

'만족스러웠던 그 표정도 내가 가진 마나양은 재료로서 합격이었기 때문이군.'

모든 실마리가 풀렸다.

나는 재료로 확정되었다.

즉, 타일런트와 무조건 만날 미래가 기다리고 있다는 뜻이다.

'그럼 쿠로는 웹이 테스트 중이라는 뜻이겠군.'

아마 순차적으로 흘러갈 것이다.

쿠로가 끝나면, 테슬라 그리고 헤이.

상황을 지켜보기만 하면 됐다.

궁금했던 것들이 풀리자 마음이 한결 놓였다.

이제 내가 중점적으로 볼 것은, 키에나가 더블 캐스터인 걸 알았을 때의 타일런트의 반응이다.

'기대되는군.'

"하아아…… 이상하네. 왜 1시간을 못 넘기지…….”

본교 3층의 어딘지 모를 교실.

여전히 웝은 쿠로를 데리고 둠 리포졸 테스트가 한창이다.

쿠로는 바로 둠 리포졸을 따라 하는 재능은 갖췄다.

그러나 역시 지속 시간이 문제다.

그가 한탄하는 것처럼 1시간을 못 넘기고 그의 둠 리포졸이 완전히 무너져 내린 것이었다.

'아직 부족해. 최소 며칠은 시간을 끌어야 한다.'

웝의 입장에서도 쿠로가 덜컥 따라 하는 걸 보고 많이 놀랐다.

하지만 이 테스트는 실험을 빙자한 것.

그대로 덜컥 구현했다고 해서 합격 판단을 내릴 수 없었다.

타일런트가 주문한 기간은 최소 3일.

3일이면 타일런트가 세운 가설이 입증되기에 충분한 시간이라고 판단한 것이다.

그래서 웝은 조건을 한 가지 더 걸었다.

단순히 둠 리포졸을 구현하는 게 아닌, '지속 시간을 최소 4시간은 넘길 것'이라는 조건이다.

쿠로는 지금 그 조건을 달성하기 위해 안간힘을 쓰며 둠 리포졸 유지에 온 힘을 쏟았다.

그렇게 구현하고, 부서지기를 몇 번이나 반복했을까.

결국, 쿠로는 머리를 쥐어뜯으며 무릎을 꿇었다.

"크흐으으윽…… 아르텔 그 괴물 같은 놈. 이걸 어떻게 그렇게 오래 구현한 거야……?"

아르텔에게 거대한 벽을 느끼는 쿠로다.

적어도 쿠로는 겉보기엔 평범함 그 자체라고 생각했기 때문이다.

자신도 더블 캐스터인데 같은 더블 캐스터인 아르텔에게 외관적인 특별함을 느낄 이유는 없으니까.

그런데 비로소 둠 리포졸을 구현하고 나서야 얼마나 아르텔이 괴물인지 깨달았다.

조금만 집중력이 흐트러지면 둠 리포졸은 기다렸다는 듯이 불안한 모습을 보였다.

그런 불안한 둠 리포졸을 다시 안정화하는 것 자체도 쉽지가 않았다.

상하좌우 할 것 없이 사방으로 흔들려 멀미를 한껏 유발하는 밀폐된 좁은 공간에서 두 발로 버젓이 지탱하는 것과 비슷한 난이도다.

마음은 굴뚝같지만, 몸이 따라 주지 않는.

아니, 마법사이니 머리가 따라 주지 않는 그런 상황이었다.

"푸하!"

쿠로는 꿇었던 무릎을 펴고, 아예 그냥 바닥에 누워 버렸다.

특별히 몸을 쓰지도 않았는데 이미 그의 온몸은 땀으로 도배다.

"조금은 쉬었다 해도 되는 거죠?"

얼마나 지친 상태인지, 그는 누워서 웝에게 물었다.

"기간은 상관없다. 성공만 하면 되니까."

웝은 누워 있는 쿠로의 상태를 관찰했다.

'오늘 처음 하는 것치곤…… 지치긴 했지만, 충분히 소화할 수 있는 수준인가 보군.'

본교 4층에서 배우는 둠 리포졸.

각자의 분교에서 엘리트 코스를 밟고, 정당하게 재능만으로 졸업한 학생들은 유독 이 마법을 접하면 0클래스 학생 같은 모습을 보였다.

그게 무슨 뜻이냐.

마나 조절을 제대로 하지 못하거나, 아니면 오기가 생겨서 무리하게 현상을 유지하려다가 번아웃이 오는 경우가 적지 않게 생긴다는 뜻이다.

그만큼 둠 리포졸이 그렇게 어려운 마법인 거다.

그런데 쿠로는 확실히 지친 모습이 둠 리포졸을 처음 접하는 본교의 학생들과 비슷했지만, 그렇다고 완벽히 일치한다고 할 수도 없었다.

적어도 그는 완전히 기진맥진한 상태는 아니며, 눈에 초점도 멀쩡히 살아 있는 중이니까.

'더블 캐스터들은…… 태생부터 가지고 있는 마나가 다른가?'

본교의 교수직을 지내고 있는 웝이라 할지라도, 더블 캐스터에 대해서는 잘 알지 못한다.

어디 웝뿐인가?

꼭대기에 있는 본교장이자 현 시대의 대마법사 드라코 타일런트도 마찬가지일 것이다.

결정적으로 그는 더블 캐스터를 직접 두 눈으로 본 적이 없으니까.

공식적인 더블 캐스터는 꼭대기에 갇혀 있는 사일러드가 마지막이었다.

몇 년 전, 에드 분교가 멀쩡할 때 아르텔의 등장이 있기 전까지는.

탄생 주기가 무려 500년.

그만큼 탄생하기가 힘든, 오직 태생적인 재능으로만 가능한 부류이다.

하지만 적어도 웝이 본 더블 캐스터들은 공통점이 하나 있었으니, 바로 같은 층에 있는 마법사에 비해 확실히 마나의 역량이 뛰어나다는 점이다.

지금 쿠로도 그렇고, 2층에서 둠 리포졸을 무리 없이 장시간 구현하는 아르텔도 그랬으니까.

'그래도 3일은 끌 수 있겠지.'

윕은 쿠로에게서 시선을 떼며 등을 돌렸다.

"어디 가세요?"

"4시간 유지에 성공하면 모브를 통해 나를 부르도록."

윕은 질문에 답하기는커녕 오히려 새로운 지시를 남기고 홀연히 사라졌다.

"……."

홀로 남은 쿠로는 천장만 멍하니 바라봤다.

"어떻게 하면 집중을 유지할 수 있을까……."

쿠로가 겪은 어려운 점은 단순히 집중을 오래 유지할 수 없는 것뿐이다.

이 난관만 해결하면 4시간은 우습고, 아르텔처럼 하루 종일 할 수 있을 것만 같은 자신감이 생겼다.

"방법 같은 게 어디 있겠어. 그냥 익숙해져야지. 이럴 땐 무식한 게 오히려 정답이겠지."

아주 잠깐 쉬었을 뿐인데, 활기를 되찾은 쿠로는 다시 벌떡 일어나 둠 리포졸 연습에 매진하기 시작했다.

클레어는 기숙사로 데리고 온 케이와 마주 보고 앉았다.

"보상이 그곳에 없을 수도 있다는 말, 무슨 근거로 한 말이야?"

"생각해 보니까 이상한 게 떠올라서."

케이는 미간에 힘을 잔뜩 주며 답했다.

무언가 크게 걸리는 것이 생각났지만, 너무 오래전의 기억이라서 깊게 묻혀 있었던 것이다.

존재조차도 잠시 잊을 정도로 깊게 묻혀 있던 그 기억을 다시 끄집어내려다 보니 미간이 자동적으로 찌푸려지게 됐다.

"이상한 게 뭔데?"

클레어는 교수실 앞에 있었을 때완 달리 상당히 다정한 말투다.

"우리 학교 선배님들 중에서도 본교로 제법 많이 갔잖아?"

"……그렇지?"

"그 선배님들 중에는 분명히 꼭대기로 향한 선배님도 계실 거고."

둘은 라믹 분교 출신이다.

분교 생활을 할 때, 방학마다 밑의 세계로 가서 각 분교에 대한 이미지는 이미 잘 알고 있다.

본교 6층을 기준으로, 상위권의 성적을 유지하는 학생들은 전부 라믹과 미르네 분교 학생들이라는 것.

따라서 꼭대기로 향하는 학생들 대다수는 전부 라믹과 미르네 분교 출신이라는 뜻이 된다.

"그런데 그 선배님들 소식을 그 뒤로 들은 적 있어?"

이번 질문에 클레어는 고개를 저었다.

표정은 상당히 의미심장한 채로다.

"그게 이상하잖아. 마법사가 원하는 모든 것이 있는 곳이라는데 왜 그 뒤로 소식이 뚝 끊겨? 그리고 그 정도로 재능이 있으면 대마법사 친위대원이 되거나 혹은 분교 교수 정도는 되어야 하는 게 정상 아니야?"

클레어도 입술을 오므리며 생각했다.

확실히 케이의 말을 듣자니, 이상한 것이 슬슬 눈에 보이기 시작했다.

왜곡된 세상이라는 망각에서 깨어난 마법사가 새로이 생긴 순간이다.

풀린 의문

클레어도 케이의 말을 곱씹었다.

정황이라는 게 있다.

확실히 케이의 말을 들으니 이상한 정황이 한둘이 아니었다.

본래 이 정황이라는 것도 아마, 본교 교수가 특정 학생을 돕는 일이 벌어지지 않았다면 학생들도 깨닫지 못했을 것이다.

그렇다고 타일런트가 이것도 예상 못 하고 벌인 일이냐?

그건 아니다.

타일런트의 입장에선 인제 와서 알아차린다고 한들, 학생들이 할 수 있는 건 아무것도 없다고 여겼기 때문이다.

그가 세운 계획의 완성까지는 이제 단 몇 걸음.

따라서 학생들의 반발이 심하다고 한들, 그의 계획엔 아무런 지장이 없을 거라는 계산이었다.

"그래서 뭘 어떻게 하게?"

클레어가 물었다.

"일단 내 생각은, 앞으로 열리는 제단은 그냥 놔두는 게 좋을 거 같아."

케이의 답을 들으며 클레어는 모브를 슬쩍 확인했다.

[클레어]

−포인트 : 25/30

4급 제단 하나만 닫으면 3층으로 향할 수 있는 포인트.

이것을 잠시 포기하자는 말에 아깝고 씁쓸한 마음이 가득해졌다.

"생각해 봐, 클레어. 어차피 이 상태면 우린 제단을 하나도 차지 못해. 더블 캐스터가 무려 네 명이나 있고, 그들을 돕는 교수가 세 명이나 있어."

"……나도 잘 알아. 그런데 고작 생각한 게 걔들을 먼저 올려 보내고 우리가 뒤따라가는 거 아냐? 그럼 뭐가 달라지는데? 3층에서도 똑같을 거 아냐?"

"그렇게 생각하면 달라질 게 없는 거긴 한데……."

케이는 난감한 기색을 내보였다.

그가 전하고자 했던 말이 이게 아니다.

그는 클레어의 두 손을 다정하게 맞잡고, 눈을 부담스러울 정도로 맞췄다.

"……뭐야, 갑자기."

그 냉철한 클레어의 얼굴에 옅은 홍조가 떠올랐다.

반대로 케이는 어둠 원소사가 맞는 걸까 싶을 정도의 포근함을 가진 마법사였다.

어디까지나 클레어에 한정된 포근함이지만.

"마법사들의 최종 목표가 어딘데."

"이 본교의 꼭대기."

"그래. 그 최종 목표가 이상한 거잖아, 그래서 그걸 확실히 알아보자는 거지. 본래 꼭대기라는 곳은 학생 자력으로 올라가야 하는 곳이잖아. 모든 보상이 존재하는 곳이니까."

케이는 거듭 강조했다.

클레어에게는 같은 말을 지루할 정도로 되풀이하는 것으로 느껴질 수도 있겠지만, 그럼에도 케이가 그 말을 반복하는 이유는 그만큼 중요한 사실이기 때문이다.

케이의 생각대로 자력으로 올라가지 않아도 되는 곳이라면, 마법사들이 인생 목표로 잡은 그 장소엔 정말 아무것도 없을 가능성이 농후하니까.

"그리고 뒤를 밟자. 직접 확인해야겠어."

이것이 케이가 생각한 계획의 근본이다.

"뒤를 밟자니?"

"더블 캐스터 네 명을 먼저 보내고 우리도 바로 뒤따라 올라가는 거지, 꼭대기까지."

"흐음……."

클레어도 깊은 생각에 잠겼다.

계획의 의도는 너무나도 잘 알겠지만, 근본적인 문제는…….

과연 그게 뜻대로 될 것이냐는 의문이었다.

지금 2층의 경우에야 클레어와 케이가 수석이라는 말을 들어도 아무런 의심이 없었다.

아르텔 일행이 올라오기 전까진.

바꿔 말하면 네 명의 더블 캐스터만 없다면 여전히 상위권을 유지할 수 있다.

그러나 아르텔 일행이 올라오고, 그 뒤로 두 명의 더블 캐스터가 추가되면서 현실적인 벽에 부딪혔다.

남은 층은 총 네 개.

그 네 개의 층을 거치면서 과연 2층에서처럼 상위권을 유지할 수 있느냐다.

위층에 있는 학생들도 전부 1층, 2층을 자신들처럼 상위권을 유지하다 넘어간 학생들이다.

분교에서 나눈 방식처럼.

1, 2층은 저층.

3, 4층은 중층.

남은 5, 6층은 고층이다.

중층도 저층과 비교하면 환경이 더욱 열악할 터인데, 그곳에서 이미 적응하고 재능까지 겸비한 학생들을 뚫고 쉽게 따라갈 수 있을까 하는 걱정이 앞섰다.

케이는 클레어의 눈빛을 쉽게 읽고 답했다.

"무슨 걱정 하는지 알아. 그런데 당장 현실적인 벽을 걱정하는 건 의미 없다고 생각해. 어차피 우리의 목표는 꼭대기. 목적지는 변한 게 없어. 단지 의도만 변했을 뿐이야. 그리고 그런 환경에서 적응하면 우리도 상당히 강한 마법사가 되어 있지 않을까?"

케이는 그런 난관을 오히려 성장의 발판이라고 여겼다.

게다가 꽤 자신감이 있는 표정이었다.

"근거 없는 자신감은 때론 객기가 되니까 그게 걱정스러운 거지."

"클레어."

"왜, 또?"

"우리가 분교에서 입학하자마자 0클래스부터 수석이었어?"

그 질문엔 고개를 저었다.

실제로도 클레어나 케이는 초급 클래스부터 중급 클래스

까지.

특별함이 눈에 띄지 않은, 평범함을 온몸에 치장한 학생들이었다.

아마 본교의 다른 학생들은 클레어와 케이에게 그런 과거가 있을 거라곤 상상도 못 할 터다.

"결국, 분교에서도 적응하고 발전했잖아. 한번 해 봤으니까 두 번째부터는 쉬워. 할 수 있어."

케이의 진심이 담긴 응원의 말.

그 말에 클레어는 옅은 미소를 보였다.

"그럼 궁금한 거 하나 있어."

이 상황에 질문이 날아든다는 것은, 그녀가 케이의 계획에 동조하겠다는 뜻이다.

그는 기쁘게 답했다.

"뭔데?"

"꼭대기에 올라갔을 때 정말 우리가 원하던 모든 것이 아무것도 없으면 어떡하려고?"

"으음……."

하지만 여태까지 보였던 태도와는 상반되게, 케이는 입을 쉽게 열지 못했다.

한참이나 끙끙거리다 겨우 답했다.

"솔직히. 거기까지는 생각 못 하겠어. 정말 그렇게 되면 너무 허탈해서 의욕을 다 잃을 것 같아서."

무리도 아니다.

아니, 차라리 이렇게 솔직히 답해 준 게 고마울 따름이다.

적어도 케이는 허황이라는 게 없는 마법사니까.

"그거면 됐어. 그건 그때 가서 생각하자. 시간 많잖아, 어차피. 같이 올라가다 보면 잡힐 것 같아."

둘의 계획이 성립된 순간이다.

❦

쿠로가 사라진 지 벌써 이틀이 지났다.

나도 플레우드를 이용해 추적 마법 하나를 2층에 펼쳤고, 그런 쿠로를 찾아내기 시작했다.

투명한 물고기를 2층 곳곳에 펼쳐 놨다고 생각하면 된다.

내가 물고기라 칭한 이유는 퍼트린 마법의 모양이 물고기와 상당히 닮아서였다.

본교에서 플레우드 마법을 사용하는 게 위험할 수 있겠다고 생각하겠지만, 1층에서 케린과 대련할 때 플레우드를 사용하지 않은 것과는 조금 다르다.

플레우드 마법으로 타격받았을 때나 이상함을 느끼는 것이지, 이렇게 보이지 않는 마법을 눈에 잘 닿지도 않는 천장에 펼쳐 놓으면 제아무리 교수라 해도 감지할 수 없다.

아마 에타르도 마찬가지일 거다.

내가 따로 플레우드 마법을 펼쳐 놨다고 말하지 않는 이상, 나와 그렇게 가깝게 지내는 에타르조차도 의식하지 않으면 감지할 수 없는 수준이라는 뜻이다.

2층에 윕의 모습은 보이지만 쿠로는 여전히 사라진 그대로다.

그리고 2층은 새로운 국면을 맞이하게 됐다.

바로 그렇게 활발했던 제단이 갑자기 모든 활동을 멈춘 것이다.

제단의 원리를 알고 있는 나는, 사일러드가 잠시 휴식기에 들어간 것이라고 생각할 뿐이었다.

1층에서부터 비정상적으로 제단이 자주 열렸으니, 아무리 그렇고 하더라도 일정 기간의 휴식 시간은 필요한 법이니까.

그렇게 쿠로가 사라진 지 2일 차에서 3일 차로 넘어갈 때.

윕이 어딘가로 향하는 것을 포착할 수 있었다.

윕의 행동을 보고 호기심 하나가 들었다.

'저 뒤를 밟으면 쿠로가 있는 곳도 알 수 있는 건가?'

사실, 쿠로가 어디 있건 그것은 내 관심사는 아니다.

과연 쿠로를 데리고 무얼 하느냐를 알고 싶을 뿐이다.

그저 추측하는 것과 눈으로 직접 확인하는 건 다르니까.

생각을 마친 난 투명 마법을 입힌 이불로 온몸을 덮었다.

머리부터 발끝까지 완벽하게 모습을 감추기 위한 조치였다.

그렇게 웝이 있는 곳을 향해 빠른 속도로 그를 추적했다.

뛰면서 최대한 소리는 내지 말아야 하니, 나답지도 않게 총총걸음으로 뛰기 시작했다.

웝의 뒤를 밟던 도중, 정원을 지나쳐 왔는데.

둠 리포졸은 한가하게 영롱의 나무 옆에만 있을 뿐이다.

생명체가 없는 피조물 마법에 지나지 않지만……,

한가로이 멍하게 서 있는 것을 보면 꼭 생명이 없는 것 같게 느껴지진 않았다.

둠 리포졸의 표정은 너무나도 공허했으니까.

아무리 생명이 없다 한들, 내가 만든 피조물 마법이지 않은가.

그래서 표정은 살아 있는 사람처럼 다가왔다.

그런 둠 리포졸은 잠시 뒤로하고, 드디어 웝의 뒤를 밟았다.

웝은 아무런 의심도 할 수 없었는지, 전혀 수상한 낌새를 표출하지 않고 계속 걸었다.

'이상하네. 마법사는 본래 이렇게 오래 걷는 족속이 아닌데.'

웝의 뒤를 밟으며 든 의문이다.

몸 쓰기를 좋아하는 검사들이야 목적지의 거리가 얼마나 됐건 무조건 뛰거나 걸었을 터다.

그런데 웝은 2층 복도 깊고도 깊은 곳으로 계속 향하는 것이다.

마법사들은 이런 비효율적인 행동을 극도로 싫어하기에 텔레포트가 개발되었고, 텔레포트도 서클에 따른 제약이 많기 때문에 그 제약을 상쇄하기 위해 웨이포인트가 개발된 것이다.

게다가 본교는 이미 타일런트의 세상.

웨이포인트만 이용한다면 어디든 손쉽게 금방 도달할 수 있는데 계속 걷는 것이 이상하다고 생각하던 찰나였다.

어느 순간, 복도가 온통 어둡게 변했다.

주위의 배경을 보고 난 알 수 있었다.

어둠 원소로 가림막을 쳐 놓은 2층의 일부분이라는 것을.

타일런트가 따로 만든 장소는 확실히 아니다.

어두운 배경의 복도는 분명히 내가 아는 본교의 2층과 똑같은 모습이었기 때문이다.

그렇다는 뜻은.

학생들이 접근하지 못하도록 만들고, 눈에 잘 보이지 않게 숨겨 놨다는 뜻이다.

그렇게 읩은 복도 끝에 다다르자, 발걸음을 멈췄다.

그리고 그의 앞에 있는 제단.

아니, 자세히 보니 내가 아는 제단이랑은 조금 다른 모습이다.

고개를 갸우뚱거리고 있을 때, 읩이 제단 앞에 다가가자 검은 포털 하나가 열렸다.

'제단 모양으로 만든 웨이포인트구나.'

그리고 웝은 포털을 타고 모습을 감췄다.

웝의 모습이 사라졌는데도 포털은 닫히지 않았다.

이것은 웝이 일부러 닫지 않은 것이다.

나는 이 행동으로 확신할 수 있는 한 가지를 얻었다.

여태까지 이 웨이포인트가 있는 곳엔 그 누구도 들어온 적이 없다는 뜻이다.

그렇지 않고서야 웝이 이렇게 안일하게 포털을 열어 놓는 실수를 하지 않을 테니까.

'역시, 괜히 복도를 가려 놓은 게 아니구나.'

난 열린 포털을 보며 고민했다.

이 포털을 타고 웝이 향한 곳을 따라간 다음, 뒤를 밟을까?

하지만 그건 너무나도 멍청한 행동이다.

포털의 주인은 웝.

내가 통과한 순간, 모습이 보이지 않더라도 그는 느낄 수 있을 터다.

허락받지 않은 무언가가 자신의 포털을 통과했다고.

그것도 느끼지 못할 정도의 마법사는 아니다.

그렇다면 답은 하나다.

통과해도 모를 무언가를 집어넣고, 웝의 추적을 이어 가면 됐다.

'그건 아주 간단한 방법이 있지.'

스윽.

난 포털을 향해 손을 뻗었다.

그리고 내 손끝으로 나오는 투명한 무언가.

바로 쿠로를 찾기 위해 펼쳐 놓은 마법이다.

난 그 마법을 포털 안으로 밀어 넣었다.

마법은 아무런 문제 없이 포털 안으로 들어갔고, 웝의 추적을 계속했다.

그와 동시에.

난 그가 현재 어디에 있는지 알 수 있었다.

'왜 3층으로 갔지? 정말 쿠로를 3층으로 데리고 온 건가?'

꼭대기에 있는 타일런트는 흡족한 입꼬리와 함께 연신 고개를 끄덕였다.

그가 세웠던 가설인 '쿠로와 테슬라가 붙어 있으면 제단 활동이 비정상적으로 잦아진다.'가 입증된 순간이기 때문이다.

쿠로가 2층을 떠난 지 오늘로 3일째.

그간 2층의 제단은 아무것도 열리지 않았다.

2층은 물론, 나머지 층의 제단도 고요하다.

아니, 제단이 완전히 제 기능을 상실했다고 볼 정도다.

하지만 타일런트는 아직 판단을 내리고 싶지 않았다.

무언가를 알고자 하면 끝까지 파헤치는 것.

그것이 타일런트의 성향이다.

'하루만 쿠로와 테슬라를 붙여 보고, 다시 테슬라만 빼 보자.'

이 실험까지 진행했는데, 쿠로가 2층을 떠났을 때와 똑같은 현상이 발생한다면 알고 싶은 것을 전부 알아낸 결과를 얻게 된다.

타일런트는 모브를 통해 윕에게 연락했다.

ㅡ네, 보름달이시여.

윕은 마침 시기적절하게 쿠로가 있는 교실로 들어가기 직전이었다.

그녀는 교실 출입문에서 발걸음을 멈추고, 연락을 받았다.

"쿠로 학생의 테스트를 종료한다. 약속한 보상은 지급하도록 하고. 그로부터 3일 뒤에 테슬라 학생에게 똑같은 실험을 진행하려고 한다."

ㅡ어…… 그렇게 되면 궁금한 게 있습니다.

윕이 걱정 어린 목소리로 물었다.

"뭐지?"

ㅡ보름달께서 생각하신 건 쿠로와 테슬라라는 학생이 붙

어 있으면 제단 활동이 비정상적으로 잦아진다는 것 아닙
니까?

"그렇지."

─그런데 여기에서 테스트를 종료하고 2층으로 돌려보내
면, 제단이 다시 열리게 되고 졸업자가 탄생하게 될 텐데요.

"현재 졸업이 가장 유력한 학생이 쿠로인가?"

─네.

"말곤 더 없고?"

─아르텔 팀과 기존 2층에 있던 학생 클레어와 케이까지도
동시에 졸업할 수도 있습니다.

"상관없다. 어차피 3층에서도 동일한 실험을 하면 그만이
니까. 그게 문제가 될 것 같지는 않은데?"

타일런트가 목에 잔뜩 힘을 주고 말했다.

실제로 아무런 문제가 될 것도 없는데 귀찮게 왜 묻느냐는
뜻이다.

그런 타일런트의 심정이 고스란히 전해졌는지, 윕은 나약
한 목소리로 말했다.

─죄송합니다, 주제넘게…….

"됐다. 넌 맡은 임무만 제대로 진행하도록."

─네, 보름달이시여.

"······."

검은 포털을 앞에 두고 난 입만 멍하니 벌린 채 충격의 생각에 잠겼다.

윕의 뒤를 밟도록 포털 안으로 밀어 넣은 추적 마법.

시야를 비롯한 감각이 나와 연결되어 있는 마법이기에 소리까지도 들린다.

윕은 어느 교실 앞에 멈춰 서서 모브를 통해 누군가의 연락을 받았다.

그리고 모브에서 흘러나온 목소리.

그 목소리를 어찌 잊을 수 있을까.

내가 아르키스 에이머라는 이름으로 살아 있을 때, 마지막으로 들었던 목소리인데.

'타일런트······.'

타일런트는 모브를 통해 윕에게 지시 사항 하나를 내렸다.

쿠로의 테스트를 끝내라는 것.

감시 마법을 통해 전부 엿들은 나는 왜 쿠로가 없어졌고, 타일런트가 무슨 꿍꿍이인지 정확히 알 수 있게 되었다.

'제단이 갑자기 비정상적으로 활동하게 된 계기가······ 쿠로와 테슬라 때문이라니?'

나로선 이해할 수 없었다.

도대체 무슨 근거로 그런 결론이 내려졌는지.

현재 나로선 전혀 알 도리가 없다.

타일런트는 에타르가 아니다.

친절하게 다가가서 궁금하다고 물어볼 수 있는 사이가 아니라는 뜻이다.

내가 혼자 알아내야 하는 상황이다.

그래도 타일런트는 머리는 구역질 날 정도로 좋은 놈이다.

그런 그가 결론을 그렇게 내렸다면 웬만해선 그게 정답이고, 설령 틀렸다고 해도 그 오차 범위는 그리 넓지 않을 거라는 뜻이다.

"나 참."

타일런트의 그 특출한 두뇌 때문에 목숨을 잃은 입장인데 지금은 도리어 그놈의 특출함으로 도움을 받게 된다니.

세상도 오래 살고 볼 일이다.

'자, 타일런트의 결론을 정답이라고 가정하고 생각해 보면…….'

나는 그의 결론에 집중했다.

제단 활동이 쿠로와 테슬라하고도 관계가 있다는 뜻은 딱 하나다.

"설마…….."

쿠로와 테슬라도 더블 캐스터.

둘이 중복적으로 가지고 있는 원소는 바로 어둠.

그 어둠 원소의 시작이 사일러드라는 뜻이 되는데…….

'그게 도대체 어떻게 가능해?'

난 키에나가 사일러드와 깊은 연관이 있다고 가정했다.

심지어는 사일러드가 오랫동안 꼭꼭 숨겨 온 혈육은 아닐까 하는 생각이 들 정도였으니까.

그런데 정작 예상했던 곳도 아닌 완전히 생뚱맞은 곳에서 그 실마리가 나타나니 나도 당혹스럽기만 했다.

하지만 정황을 차근차근 살펴보니, 아예 허황된 얘기도 아니었다.

갑자기 더블 캐스터가 됐다는 쿠로와 테슬라.

헤이와 키에나도 같은 증상이다.

'그 말은…… 넷 다 사일러드의 자식이라는 소린가?'

마법 사회에서 사일러드 다음으로 탄생한 더블 캐스터는 나로 알려져 있다.

하지만 난 사실 플레우드라서 원소를 전부 다룰 수 있는 것뿐이니 제외해야 한다.

따라서 사일러드 이후로 탄생한 더블 캐스터는 헤이를 포함한 네 명이라는 소리가 된다.

웝은 그사이 교실의 문을 열고 안으로 들어갔다.

그곳엔 쿠로가 있었는데, 그는 회색과 검은색이 정확히 반반으로 치장된 둠 리포졸을 다루는 중이었다.

ㅡ어? 교수님, 안 불렀는데 어떻게 오셨어요?

쿠로가 윕에게 물었다.

말투에 경계심은커녕 반가움이 느껴졌다.

―최대 지속 시간은 얼마나 됐지?

윕은 쿠로의 인사를 무시하고, 자신이 알고 싶은 것만 물었다.

―2시간이 막 넘었는데요.

―그래?

나는 둘의 대화를 엿들으며 알 수 있었다.

윕이 쿠로를 데리고 간 이유가 둠 리포졸을 알려 준다는 핑계로 쿠로와 테슬라를 떨어트린 상태에서도 제단 활동이 똑같이 비정상적으로 하는지 확인하기 위함이었다는 것을.

처음에는 쿠로도 재료이니 둠 리포졸을 알려 주고 그가 가진 마나를 측정하기 위함이라고 생각했지만, 궁극적인 목표는 그게 아니었다.

타일런트가 예상한 대로, 둘이 떨어지자마자 제단은 활동을 멈췄다.

따라서 타일런트는 정답에 다다랐다고 볼 수 있었다.

―그 정도면 됐다.

윕이 맥락도 없이 쿠로에게 말했다.

그런데 쿠로가 표정이 밝아지며 되물었다.

―됐다는 뜻은……?

―약속한 29포인트는 지급하지. 2층으로 돌아가자.

약속한 29포인트라.

본교가 언제부터 학생에게 그리 따뜻한 적이 있었나?

이건 나와 상황이 명백히 다르다.

1층에서 케린은 날 실험하기 위해 협박을 했는데, 쿠로에겐 도리어 보상이라는 당근을 조건으로 내걸었다.

그렇다는 뜻은.

'쿠로 쪽이 나보다 더 중요했던 거지.'

쿠로는 한껏 격양된 목소리로 되물었다.

—정말요?

—본교의 교수가 되어서 일개 학생 한 명에게 거짓말을 할까?

윕은 답하면서 모브를 조작했다.

그러곤 쿠로에게 가벼운 턱짓을 보이며 말했다.

—정 못 믿겠으면 확인해 보든가.

쿠로는 설레는 마음으로 자신의 모브를 확인했다.

[쿠로]

—포인트 : 29/30

다음 층으로 향하기 위한 기준에서 1이 모자란 포인트.

쿠로는 그것만 보고도 인생 업적을 이룬 듯이, 두 주먹을 불끈 쥐었다.

그것도 잠시.

그는 윕을 향해 상체를 직각으로 숙이며 감사의 인사를 남겼다.

—정말 감사합니다! 열심히 하겠습니다!

—둠 리포졸이나 치워.

윕은 매정하게 답했지만, 쿠로는 그의 태도에 대해 아무런 신경도 쓰지 않았다.

지금은 그저 29포인트를 받았다는 쾌감만이 존재할 뿐이었다.

그렇게 나는 쿠로가 자신의 둠 리포졸을 치우고, 윕과 함께 교실을 나서는 것까지 목격했다.

그 시점에서 난 윕에게 붙인 추적 마법을 소멸시켰고, 기숙사로 돌아가기 시작했다.

어차피 그들이 2층으로 돌아올 것을 알고 있으니 계속 감시할 필요가 없어졌다.

'그나저나…… 둠 리포졸을 며칠 되지도 않아서 익힌 것도 모자라 지속 시간이 2시간이라…….'

난 그 부분에 집중했다.

바람과 어둠의 더블 캐스터 쿠로.

이거 하나는 확신할 수 있는데, 그는 다듬어지지 않은 원석이다.

과연 보석이 되고 나서는 어떤 괴물이 될 것인가.

그것이 내 관심사가 되었다.

'그런 재능은…… 테슬라도 마찬가지일 것 같아.'

쿠로의 경우엔 1층에서 나와 크게 부딪힌 적이 없지만, 테슬라는 다르지 않은가.

1층에 있던 내 둠 리포졸을 상대로 수련한 것도 그렇고.

라믹 분교에서 갑자기 더블 캐스터가 된 것도 그렇고.

쿠로와 겹치는 부분이 많다.

심지어 둘이 붙어 있으면 제단 활동이 시작되기까지 하니, 사일러드로부터 시작된 마법사라고 확정할 수 있다.

어떻게 그게 가능한 것인지는 나중에 알아볼 문제다.

기숙사로 향하는 발걸음을 돌렸다.

바로 제단이 네 개나 모여 있는 정원이다.

이제 웝이 쿠로를 데리고 2층으로 오면 이 제단이 활동할 것이다.

타일런트가 내린 그 결론.

정말 이변 없이 그대로 흘러갈 것인가를 눈으로 직접 확인해 보고 싶어서 미리 대기하고 있던 것이다.

그리고 얼마 지나지 않자, 제단은 몬스터를 뱉어 냈다.

동시에 난 2층 곳곳에 퍼트린 감시 마법을 통해 쿠로의 위치를 찾았다.

정확히 웝과 쿠로가 그 어두운 복도의 웨이포인트에서 나온 순간에 제단 활동이 시작된 것이다.

'네 가설이 정답이구나, 타일런트.'

정답을 무단으로 공유한 형태가 되었지만, 신경 쓸 것 뭐 있나?

난 이 진귀한 정답을 어떻게 이용할지.

그것만 고민하면 됐다.

'일단, 그 전에 몬스터부터 처리하고.'

[아르텔]
−포인트 : 36/30

이번엔 학생들이 미처 정원에 도착하기도 전에 제단의 모든 몬스터를 처리했다.

아직까진 저층의 몬스터이니 처리하는 데 큰 어려움은 없었다.

제단을 닫고 나서 난 모브로 키에나, 헤이, 밴시에게 메시지를 보냈다.

−짐 싸라.
−……? 뭔 소리야?

제일 당혹스러운 답장을 보낸 사람은 밴시였다.

―포인트 확인해 봐.

―……미치겠네. 2층에 온 지 얼마나 됐다고 또 졸업이야.

밴시는 오히려 기쁨보다 불안감을 더 노골적으로 표출했
다.

아마도 나와 한 약속 때문에 그런 것으로 보였다.

유나이티드를 익히지 못하면, 최종 목적지인 꼭대기에 향
할 때 버리겠다는 그 약속.

열심히 연습 중인데 진전은 없으니 저런 마음이 드는 것도
무리는 아니다.

하지만 그렇다고 느긋하게 기다려 줄 수 있는 상황이 아니
라고 누누이 강조한 적이 있지 않던가?

―준비나 해.

난 그녀의 조급함을 냉정하게 외면해야 했다.

그 뒤로 밴시의 답장은 오지 않았다.

에타르, 알프릭, 트레샤가 있는 대기실에 웝이 예고도 없
이 들이닥쳤다.

윕이 들이닥치기 전까지, 대기실에 설치된 모브를 통해 제단 활동이 감지되었고, 각자의 담당 학생을 찾으러 가기 위해 슬슬 움직이려고 할 때였다.

그러나 윕의 등장으로 세 교수는 행동을 잠시 멈춰야 했다.

그 순간이었다.

대기실에 설치된 제단의 동태를 알려 주는 모브.

그중에서 꺼져 버린 모브가 발생했다.

정원의 제단 동태를 알려 주는 그 모브다.

"에타르 교수, 담당 학생들을 데리고 강당으로 오시죠."

윕이 그 한마디만 남기고 홀연히 사라지려 할 때였다.

"잠깐만요, 윕 선임 교수님."

에타르가 그의 발목을 붙잡았다.

"뭡니까?"

"제 담당 학생 중 키에나라는 학생도 더블 캐스터가 되었던데요."

아르텔이 부탁한 것을 잊지 않고 실행한 순간이다.

윕의 동공에 크나큰 변화가 찾아왔다.

분류 작업

"키에나라면 분명히⋯⋯."

"네, 기억하실 겁니다. 제 분교 출신인 소환사 학생요. 아마, 제 기억으론 이번 입학생 중 유일한 소환사로 알고 있는데요."

어떻게 모를 수가 있을까.

아르키스 에이머가 사라지고 나서, 타일런트는 특히 소환사에 지대한 관심을 보였다.

이유는 타일런트는 사일러드의 힘을 흡수하는 것이 숙원이기 때문이다.

숙원의 대상이 바로 소환사이자 어둠 원소사인 더블 캐스터.

따라서 소환사에 대한 지식이 필요했다.

사일러드의 등장 이전엔 소환사는 원소사보다도 한참이나 약한 마법사이며, 한계인 서클은 통상적으로 6서클.

그 정의를 뒤바꾼 것이 사일러드 단 한 명이다.

하지만 사일러드도 온전한 소환사라고 보기엔 어려웠다.

원소도 하나는 다룰 수 있는 더블 캐스터였으니까.

그런데 고작 그런 이유 하나로 어떻게 마법 사회는 물론, 검사 사회에까지 악명을 떨치는 마법사가 되었을까?

이에 타일런트는 생각했다.

소환사에겐 원소사가 없는 무언가가 있다, 그것을 알아내야 한다.

이 생각 하나로 소환사 육성에 보다 적극적이었던 타일런트다.

제대로 육성한 소환사를 재료로 변환했을 때, 소환사이자 어둠 원소사인 더블 캐스터 사일러드를 흡수할 때 도움이 될 것이라는 믿음으로.

그러나 300년이 넘는 시간 동안 아무리 심혈을 기울여도 타일런트의 성에 차는 소환사는 나오질 않았다.

본교와 분교가 나뉘었던 초기 시절.

그 당시엔 소환사도 적지 않은 비율로 넘어왔지만, 가면 갈수록 소환사들은 점점 퇴폐만 하는 증상을 낳았다.

현재 본교 1층에도 소환사가 소수는 있지만, 시기상으로 곧 퇴학이 예정된 학생들.

게다가 2층부터 6층까지 소환사는 단 한 명도 없다.

결정적으로 타일런트가 재료가 되는 기준을 학생이 가진 마나양에 상당히 중점을 뒀는데.

원소사처럼 둠 리포졸을 알려 주고, 지속 시간으로 가늠하는 방법이 소환사에겐 사용할 수 없는 방법이기 때문이다.

대마법사였던 아르키스 에이머도 소환 마법을 제대로 모르는데, 플레우드도 아니며 심지어 비전력 사용자도 아닌 타일런트가 그런 소환사를 제대로 알 리가 없었다.

어떤 소환 마법이 마나를 가장 많이 잡아먹는지, 원소사의 둠 리포졸에 상응하는 마법은 무엇이 있는지.

아무것도 모르기 때문에 타일런트도 점차 소환사에 대한 관심을 끊기 시작했다.

이런 상황에서 등장한 소환, 원소의 더블 캐스터.

웝은 마음이 급해지기 시작했다.

상당히 중대한 소식이니, 어서 꼭대기에 있는 타일런트에게 전해야 하겠다는 일념 하나만 염두에 뒀다.

"어서 교장 선생님께 전해야 하지 않겠습니까?"

그러던 중, 에타르의 도발과 같은 한마디였다.

무슨 자신감이 그리 찼는지, 상당히 거만하게 느껴질 표정이다.

그 한마디로 웝은 심경에 많은 변화가 찾아왔다.

"무슨 소립니까?"

에타르의 한마디가 너무나도 노골적으로 들렸기 때문이다.

꼭, '너희가 제일 원하는 재료가 이젠 키에나이지 않아? 너희는 제조할 수 있는 성배의 개수도 정해진 상태잖아?'라고 압박하는 것만 같았다.

도둑이 제 발 저린 격이다.

에타르는 성배란 명칭도 모를 것이며, 현재 꼭대기의 상황도 제대로 모를 게 분명하다.

그러나 그의 표정에서는 노골적인 자신감이 드러나기에 웝이 괜히 소극적인 태도로 변한 것이다.

"특별한 뜻은 없습니다. 자랑스러운 재능을 가진 학생이 또 탄생했는데, 교장 선생님께서도 기뻐할 것이라는 생각이 들어서요."

오히려 에타르는 능청스럽게 답했다.

그러면서 분명 거만했던 표정은 온데간데없이, 온화한 표정으로 싹 바뀌었다.

"……."

완전히 에타르의 페이스에 휘말린 웝.

그런 웝을 본 알프릭과 트레샤는 티가 나지 않게 비웃으며 속으론 같은 생각을 했다.

'네가 아무리 직위로서는 우리보다 위에 있다고 한들, 살

아온 세월의 무게가 달라. 애송아.'

야생에서 산전수전 다 겪은 잡초 같은 마법사와 온실이라는 훌륭한 환경에서 특별 관리를 받아 온 화초 같은 마법사의 차이는 무엇일까.

바로 돌발 상황에 대처하는 방법과 그것을 생각해 내는 시간의 차이다.

야생의 잡초로 살아온 에타르는 늘 긴장하기에 다가올 변수를, 완벽히는 아니더라도 어느 정도 예측하고 마음의 준비를 한다.

그러나 온실 속 화초처럼 살아온 윕은 실력은 뛰어날지언정, 이런 돌발 행동을 생각해 본 적이 없으니 대응이 저렇게나 느린 것이다.

늘 정해진 대로만 산 사람과 스스로 정해서 산 사람과의 확연한 차이다.

에타르는 능청스러운 목소리를 다시 냈다.

"그럼 전 담당 학생들을 이끌고 강당에서 기다리고 있지요."

그리고 윕보다도 먼저 교실을 나섰다.

"아, 그럼 나도 내 담당 학생이나 만나러 가 볼까?"

알프릭도 교실을 나섰다.

출입문을 지나칠 때, 의도적으로 어깨로 윕의 어깨를 툭 치면서였다.

"내 학생은 어디에 숨어 있으려나?"

마지막으로 나선 사람은 트레샤.

사실, 이미 윕이 이 대기실로 온 순간 그의 마법을 통해 쿠로의 위치를 찾았다.

일부러 모르는 척하면서 나선 것이다.

그렇게 완전히 빈 대기실.

윕은 주위를 슬쩍 유심히 살피다가 문을 닫고, 그 자리에서 타일런트에게 서둘러 연락했다.

나와 에타르.

그리고 키에나, 헤이, 밴시까지.

다섯 명이 전부 강당에 모였다.

"난 아무것도 한 게 없는데 이렇게 또 올라가는구나."

밴시가 말했다.

그러면서 은근히 내게 눈치를 주려는 의도인 것이 뻔히 보였다.

일부러 남들이 다 있는 곳에서 이렇게 대놓고 말하는 이유가 그것밖에 없지 않는가?

그래서 나도 아무렇지도 않게 받아쳤다.

"아직은 저층이잖아. 운 좋게 2층엔 제단이 네 개나 모여 있는 곳이 있었던 것뿐이고. 올라갈수록 뭔가 할 일이 생기 겠지."

"과연 그럴지."

이번 대답은 어딘가 씁쓸함이 느껴지는 답이다.

에타르는 밴시에게 어렵게 말을 걸었다.

"밴시 학생, 요새 생각이 많은 것 같군. 내가 알던 밴시 학 생은 상당히 쾌활한 학생이었던 것 같은데."

하긴, 둘은 아직 서먹한 사이다.

분교에 있을 때도 밴시는 에타르에 대한 용서를 보류한 채 내가 있는 6클래스로 올라왔다.

그 뒤로도 둘이 딱히 마주친 적도 없으니 에타르도 마음이 불편한 상태다.

그래서 이런 공적인 자리를 이용해 비교적 포근한 한마디 를 건네고 싶었던 모양이다.

"제가 그랬나요? 쾌활하게 살아 본 적이 없……."

밴시는 답하다가 나를 쳐다보더니 말을 끊었다.

그리고 이어지는 답이 내 입장에선 조금은 황당했다.

"아, 있었네. 확실히 교장 선생님 말씀이 맞는 것 같네요. 분교에선 쾌활하게 지냈지."

여전히 날 똑바로 쳐다보며 뱉은 답이다.

문득 에드 분교 1클래스 생활 때, 노힐 가문 개방 견학을 갔던 일이 떠올랐다.

지크의 기억을 감추고, 나와 밴시가 노힐 가문 곳곳을 돌아다니다 발견한 약초밭.

　그 약초밭에서 밴시는 분명 내게 이렇게 말했다.

　"저도 이번 방학이 여태 맞이했던 방학과는 비교도 못 할 정도로 즐겁습니다."

　밴시도 내 정체를 알기 전엔 방학이 되면 밑의 세계 숲에 있는 그 퀴퀴하고 답답한 동굴에서 홀로 지냈다.

　누구와 대화도 하지 않았으며, 친하게 지낼 상황도 아니었던 그녀.

　그런 밴시는 날 만나고 나서 정말로 행복함을 느끼는 표정이었다.

　그래서 날 쳐다보며 쾌활한 적이 있었다고 고쳐 답한 것이 분명했다.

　에타르는 시선을 옮겨 키에나에게 향했다.

　"키에나 학생."

　"네."

　키에나는 무미건조한 목소리로 답했다.

　에타르도 그런 키에나의 이질적인 모습에 조금은 놀랐는지, 눈동자가 살짝 커졌다가 이내 정상으로 돌아왔다.

　"아까 오면서 아르텔 학생에게 들었어. 더블 캐스터

가…… 됐다면서?"

그 말에 밴시는 놀란 토끼눈으로 키에나를 바라봤다.

밴시도 지금 처음 안 사실이다.

"네. 며칠 전에 갑자기요."

"음, 어둠 원소를 터득해서 그런지, 어둠 원소사의 성향이
잘 보이는구나."

그렇게 에타르는 키에나에 지대한 관심을 보였고, 둘은 무
미건조한 대화를 이었다.

난 슬쩍 헤이를 쳐다봤다.

정확히 말하면 쳐다보고 싶어서 본 게 아니라, 이상하게
시선이 자꾸 그에게 빨리는 것 같은 기분이 들어서 본 거다.

'이상하네……. 몸이 더 커진 것 같아.'

그게 시선을 빼앗기는 이유다.

정확히 몸의 부피가 커졌다는 소리가 아니다.

꼭 보고 있자면 분위기가 본래 작은 뒷산 같았던 헤이의
몸, 이젠 산맥을 이룰 정도로 중압적인 분위기를 살벌하게
풍기는 중이다.

"헤이, 며칠 사이에…… 분위기가 또 바뀌었네?"

"아, 그래? 안 그래도 네가 제단은 알아서 다 처리하니까
혼자 운동이나 했지."

"……운동?"

운동이라 하면 에드 분교 6클래스에서 잠깐 같이한 신체

단련을 말하는 것이다.

"응. 운동하면 기분이 좋아지고 그래서 끊을 수가 없던데?"

"……"

나로서는 참으로 황당한 답변이다.

누구는 에밋 리프가 준 물약이 아니면 견디기도 힘들었던 그 운동이 기분이 좋다니.

역시, 검사 학교 입학도 통과한 헤이답다.

"그런데 운동 기구도 없는데 어떻게?"

"뭘 어떻게야? 만들면 되지!"

헤이는 그게 무슨 문제라는 되냐는 투로 답했다.

"……만들어? 뭐로?"

"우리 마법사잖아!"

그러면서 헤이는 당장 마법으로 시범을 보였다.

검게 불타는 구체 하나를 금세 구현하더니, 손으로 꽉 쥐자 원소 구체는 아령 모양으로 변했다.

'저건……'

그 모습을 보고 있자니 예전 기억이 떠올랐다.

내가 이 학교의 교장이자 대마법사로 있었던 시절.

꼭대기에 있는 봉인석을 통해, 당시의 대검사였던 가렌트에게 말로서 검술을 배우던 그때.

마법 사회엔 검이 있을 리 만무했으니, 플레우드 구체를 통해서 검과 비슷한 물체를 만들곤 검술을 배웠던 어렴풋한 기억이다.

'원리가 어려운 건 아니지만…… 마법을 특정 물체랑 비슷하게 만들어서 활용하는 건 그래도 아무나 할 수 있는 건 아닌데.'

헤이를 보고 있자면 이 말밖에 떠오르지 않는다.

'기억을 잃은 마법사.'

헤이는 발전 속도가 비정상적으로 빠른 게 아니다.

탭 테이킹 때부터 느꼈는데, 본래 할 수 있는 것들인데 기억을 잠시 잃어 자신이 할 수 있다는 것을 망각하는 중인 게 확실했다.

게다가 에드 분교 3클래스에선 보주화까지 사용하는 모습을 보였으니, 본래 보주화까지 사용할 수 있는 역량을 가진 마법사라는 뜻이다.

난 그래서 헤이를 기억을 잃은 마법사라고 칭하는 것이다.

그 기억을 전부 되찾았을 때, 과연 어떤 한계를 가지고 있을지 상당히 기대되면서도 두렵기도 한 건 사실이니까.

헤이는 마법으로 만든 아령을 가뿐히 들었다 올리며 물었다.

"이거 몇 번 실험해 보니까 무게도 내가 조절할 수 있더라고. 아르텔, 너도 한번 들어 볼래?"

그러곤 내게 자신의 아령을 건넸다.

"그래."

나도 본교에선 운동을 조금 쉬었지만, 그래도 기간상으로 며칠 되진 않는다.

몸은 전과 몰라볼 정도로 튼튼해졌으니, 아무렇지도 않게 헤이의 아령을 건네받은 그 순간.

"……?"

몸 안에 있는 내장이 한순간에 밑으로 쏠리는 느낌이 강하게 들었다.

쿵!

쩌적!

난 결국, 헤이의 아령을 손에 쥔 상태로 떨어트리고야 말았다.

'뭔 놈의 무게가……!'

이건 내가 에드 분교 6클래스에서 사용했던 아령과는 차원이 다르다.

못해도 80킬로그램 이상은 되는 것 같았다.

어깨는 물론, 팔과 팔꿈치, 손목까지.

아령의 무게를 견디지 못하고 바들바들 떨며 아령 밑에 애처롭게 깔려 있을 뿐이다.

아령이 떨어지면서 강당 지면을 강타했는데, 금이 살짝 가며 조금 파일 정도였다.

그나마 아령의 생김새 구조상, 손이 완전히 아령에 깔리지 않은 게 다행이다.

"……이걸 그렇게 쉽게 든 거라고?"

"응. 나한테는 그 무게가 딱 적당해!"

한 손으로 감당하는 무게가 족히 80킬로그램…….

과연 검사들도 실제로 이 정도가 가능한지 궁금한 순간이다.

"그런데 아르텔 넌 나보다 역시 몸이 한참이나 약하구나……."

헤이는 아령을 자신이 들고, 소멸시켜 줬다.

그 덕분에 손이 무거운 아령으로부터 해방됐다.

'마법과 강한 신체가 조화를 이루는 몸이라…….'

헤이의 몸을 보면서 든 생각이다.

실제로 헤이의 마법은 신체 강화가 기본으로 깔린 마법들이다.

그가 주력으로 사용하는 마법 파이지컬만 보더라도 그러했으니까.

내가 대마법사로 있던 시절, 검사 사회와 교류를 하며 저런 조화를 이루고 싶어 했다.

그런 생각을 가진 것도 스승님의 영향이 적지 않게 작용은 했지만, 나로서도 궁금한 것이 있었기 때문이다.

새로운 것들을 받아들일 때 비로소 발전이 이루어진다.

이는 마법사들에게만 적용되는 발전이 아닌, 검사들에게

도 동등하게 적용될 발전이다.

검사의 단점인 무조건 몸이 먼저 다가가야 하는 것 등등.

화합을 이루면 각자 가지고 있는 단점을 완벽하게 극복할 수 있을 거라 믿었다.

실제로 헤이를 보면 그렇지 않던가?

헤이의 파이지컬을 파훼한 본교의 학생은 아직 없었으며 나도 헤이의 마법은 상당히 강력하다고 생각하는 중이다.

화합의 시대가 찾아오지도 않았는데 비상한 재능 덕분에 강한 마법사가 된 헤이.

만일 몸을 뺏는 마법이 있다면 그런 헤이의 몸을 빼앗아 내 마법을 사용해 보고 싶은 욕구가 들 정도다.

"뭘 그렇게 봐?"

헤이는 내 시선이 부담스러웠는지 슬쩍 물었다.

"아, 아니야."

난 그에게서 시선을 떼고 교수 웹이 오길 기다렸다.

그러나 교수 웹은 시간이 한참이나 지났는데도 모습을 드러내지 않았다.

"흐음, 이상하네. 왜 이렇게 오래 걸리지?"

에타르도 따로 들은 말이 없었는지, 비정상적으로 긴 대기 시간에 의아함을 표출했다.

그러면서 에타르는 내게 슬쩍 신호를 보냈다.

링킹을 연결해 달라는 신호다.

뭔가 하고 싶은 말이 있는 모양이다.

그의 신호를 따라 그에게 링킹을 연결한 순간이다.

'아르키스 님, 부탁하신 거 제대로 처리했습니다.'

'부탁이라면……'

'키에나 학생이 더블 캐스터가 된 거요. 여기에 오기 전에 말했는데, 아무래도 늦는 이유가 그거 때문인 것 같습니다.'

'호오, 그래? 그렇다면 윕이 이렇게 늦는 이유는……'

타일런트의 머리가 상당히 복잡하다는 뜻이 아니겠는가?

그 복잡하다는 이유는 역시.

물약을 만들 수 있는 개수는 정해져 있는데, 재료가 될 후보는 그보다 많다는 완벽한 증거가 된 순간이다.

'느긋하게 기다려 보자, 과연 어떤 결과를 가지고 올지. 내 생각이 맞다면 조금 파격적인 조치를 취할 수 있으니까.'

'네, 저도 기대됩니다. 과연 어떤 조치일지.'

어서 윕이 오기만을 기다렸다.

"……그게 갑자기 무슨 소리야? 소환과 어둠 원소의 더블 캐스터라니."

윕의 보고를 받은 타일런트.

그의 표정에는 불편함만 가득하다.

평소 이런 재능이 탄생한 학생이라면 어린아이처럼 제자리에서 방방 뛸 정도로 기뻐할 그였지만, 지금은 상황이 달랐다.

제조할 수 있는 성배는 네 개밖에 없는데, 더블 캐스터가 다섯 명이나 탄생해 버린 것이다.

─제가 직접 확인한 것은 아닙니다만…… 에드 에타르가 그런 걸로 거짓말할 이유도 없다고 생각합니다.

"그럼 직접 확인했어야지 뭘 하고 있던 거야!"

답답한 마음에 타일런트는 고함을 질렀다.

─죄송합니다……!

"전해 들은 것만으로 멋대로 판단하지 말고 네 눈으로 직접 보고 판단해라. 알아들어?"

─네……! 그럼, 지금 당장 가서 확인하겠습니다!

잘 나가다 타일런트에게 질타를 받자 다급한 웝은 연락을 끊고 즉각 명령을 실행하려고 했다.

"잠깐."

─네, 보름달이시여.

"지금 다 강당에 모인 상태 아닌가?"

─……맞습니다.

"그런 상황에서 어떻게 그 학생만 따로 빼서 확인하게?"

─…….

이 질문에는 답하지 못했다.

생각나는 방법이 전혀 없어서다.

하지만 타일런트도 사정은 마찬가지다.

이런 돌발 상황을 예상한 적도 없었다.

느닷없이 본교에서 탄생한 더블 캐스터라니.

그것도 가장 사일러드와 흡사한 더블 캐스터.

이렇게만 놓고 보면 당장 꼭대기로 불러올 학생은 아르텔이 아닌, 키에나라는 학생이다.

하지만 타일런트는 신중해야 했다.

제조할 수 있는 성배는 네 개로 한정되어 있고, 재료 후보는 다섯 명이 되었으니 한순간의 허튼 선택으로 숙원을 망칠 가능성이 높다.

'아르텔은 파이가 거의 확정적이니 나머지 세 명을 신중하게 골라야 해.'

타일런트는 말을 멈추고 생각에 잠겼다.

물과 어둠의 테슬라.

바람과 어둠의 쿠로.

불과 어둠의 헤이.

소환과 어둠 원소의 키에나.

이 넷 중에서 한 명을 거르는 분류 작업을 시행해야 했다.

"윕."

드디어 결단을 내린 그가 윕을 나지막이 불렀다.

-네, 보름달이시여.

"일단 아르텔 팀은 4층으로 올려라. 3층은 건너뛰어."

–……예?

납득할 수 없는 지시에 그는 의아함을 표출했다.

"시키는 대로 해."

하지만 그렇다고 해서 거역할 수 있는 사람의 명령도 아니다.

타일런트는 협박하듯 강조했다.

–알겠습니다.

윗과의 연락을 끊고, 타일런트는 4층에 있는 교수에게 바로 연락했다.

–무슨 일이십니까, 보름달이시여.

모브 속에선 목소리만 듣고 판단했을 때, 인자한 성품을 가졌을 것만 같은 여성의 목소리가 흘러나왔다.

목소리도 늙지 않아 제법 젊은 마법사다.

"이제 곧 4층으로 학생 네 명이 갈 거다."

그리고 그의 계획을 4층 교수에게 설명했다.

–어렵지 않군요. 알겠습니다.

타일런트의 계획을 완벽히 숙지한 4층의 교수는 여유롭게 답했다.

실제로 어려운 것을 주문한 게 아니다.

"그럼 상황을 주시하도록."

–알겠습니다.

그리고 4층의 교수와도 연락을 끊었을 때, 다시 2층에서 제단 활동이 감지되었다.

'역시, 쿠로와 테슬라가 같은 층에 있으면 제단의 활동이 비정상적이다.'

타일런트는 철문을 바라봤다.

'도대체 그 학생들과 네 관계가 뭐길래 이토록 티가 나는 거지, 사일러드?'

그러나 철문은 대답 없이 질문만 삼킬 뿐이었다.

강당에서 대기한 지 거의 1시간은 다 되었을 때, 드디어 윕이 등장했다.

그의 등장과 동시에 나와 에타르는 물론, 나머지 학생들도 조금은 긴장한 표정으로 그를 맞이했다.

그렇게 우리 앞에 선 윕.

표정이 좋지 않다.

'도대체 무슨 말을 주고받았을까요? 링킹으로 한번 기억을 들춰 보는 건 어떠세요?'

여전히 에타르와 링킹에 연결된 상태다.

에타르도 그 부분이 상당히 궁금했는지, 내게 물었다.

-위험해. 드라코 가문의 마법사가 아니었다면 네가 묻기

도 전에 했겠지만, 상대는 타일런트의 자식들이야.

'……그렇죠. 아쉽네요.'

그런 이유에서 난 웝에게 링킹을 연결하진 않았다.

하지만 확실한 것은 표정이 좋지 않은 걸 보면 내 생각이 점점 들어맞아 가고 있다는 뜻이다.

물약을 제조할 수 있는 개수는 정해져 있는데, 후보는 그보다도 많다.

그래서 타일런트는 신중한 선택을 해야만 한다.

웝이 우리가 모인 강당으로 오는 데 걸린 시간, 그리고 좋지 않은 표정.

이 두 가지 정황만 보더라도 확정 지을 수 있었다.

웝은 드디어 다음 층으로 향하는 포털을 열었다.

그리고 그 순간, 그는 우리가 보이지 않도록 자신의 모브를 확인했다.

"쯧."

뭔가 귀찮은 연락이 온 듯하다.

모브를 확인하자마자 그는 혀를 찼다.

"에타르 교수, 학생들을 데리고 다음 층으로 향하시죠."

"그러지요."

'……이런 대우를 받았구나, 에타르.'

웝이 그런 무례한 어조로 말할 때, 내가 다 움찔거렸다.

아무리 본교가 타일런트의 세상이고 웝이 그런 본교의 교수이기로서니, 절대 에타르를 무시할 수 있는 마법사는 아니기 때문이다.

이미 이것도 에타르에게 대충 들어서 알고 있긴 하지만 실제로 내 눈으로 보니 받아들여지는 게 달랐다.

'무시하는 게 답입니다. 무서워서 피하는 것과 두려워서 피하는 건 다르잖아요?'

참…… 에타르의 성격도 많이 변했다.

내 제자였던 시절의 에타르는 하도 불같아서 이런 상황에서는 바로 거대한 용암 덩어리를 구현하는, 감정에 치우친 대응을 보였을 텐데.

지금은 꽤 훌륭한 신사가 되어 있었다.

시간이라는 게 사람까지 이렇게 바꿀 줄 누가 알았을까.

"자, 다들 가지."

에타르도 웝을 더는 보고 싶지 않았는지 우리를 재촉했다.

웝의 포털을 타고 다음 층의 강당으로 무사히 안착했다.

그러나 나와 에타르는 강당의 모습을 보고 의아할 수밖에 없었다.

'이상하네요, 아르키스 님. 웝이 설마 실수를 한 걸까요? 왜 4층이죠……?'

키에나, 밴시, 헤이는 몰라도.

한때 이 학교에서 생활했던 나와 에타르는 금방 알아차릴 수 있다.

결정적으로 본교는 모든 층이 생긴 게 비슷해, 관리직은 알아보기 쉬운 표식 비슷한 게 있다.

바로 천장에 달린 샹들리에.

여러 갈래로 뻗은 샹들리에의 가지에 달린 등(燈)의 개수로 해당 층을 표시하는 방법이다.

1층은 등이 한 개, 2층은 두 개, 3층은 세 개.

이런 식으로 층을 자유롭게 넘나드는 관리자들도 혼동할 수 있기에 표식이 있다.

그런데 강당 천장에 달린 샹들리에의 가지엔 등이 네 개다.

윕은 우리에게 4층으로 향하는 포털을 열어 줬다.

절대 실수할 리가 없다.

애당초 이런 걸 실수할 교수가 어디 있겠는가.

이건 명백히 의도된 것이다.

─이것들이 또 무슨 수작을 부리려는 걸까?

'그러게나 말입니다. 썩…… 좋은 기분은 아닌데요.'

적어도 설명도 없이 4층으로 보냈다는 게 가장 의심스럽다.

본래 속이 구린 놈일수록 숨기려고 하지, 설명하려고 들진 않으니까.

그리고 4층 강당에 새로운 검은색의 교수가 등장했다.

꙳

에타르가 아르텔 팀을 데리고 사라진 2층의 강당.

그들이 사라지고 5분도 지나지 않아 새로운 학생과 교수가 강당을 찾았다.

바로 쿠로와 그의 담당 교수 트레샤였다.

쿠로는 윕과의 개별 수업을 통해 29포인트를 받았다.

그리고 2층으로 돌아오자마자 열린 제단 하나를 처리하면서, 졸업 조건인 30포인트를 달성했다.

쿠로가 일부러 노린 것은 2급 제단.

어차피 필요한 포인트는 단 1밖에 없으니, 굳이 힘 빼서 4급 제단까지 갈 필요가 없으니, 현명한 판단을 내렸다.

그렇게 그는 도착하자마자 아르텔 팀의 뒤를 이어 다음 층으로 향할 수 있게 되었다.

그러나 윕은 다음 층으로 향하는 포털을 열지 않았다.

그사이, 타일런트로부터 메시지 하나가 도착해 있었기 때문이다.

-지금 그 학생을 보내면 안 된다. 테슬라 학생도 졸업 조건을 달성했

을 때 보내야 해.

타일런트가 그런 지시를 내린 이유는 간단하다.

제단은 쿠로와 테슬라가 서로 붙어 있을 때만 활발하게 활동한다.

따라서 지금 쿠로를 4층으로 보내 버리면, 테슬라만 2층에 잔류하게 되니, 잔류한 테슬라가 언제 다음 층으로 향하게 될지 아무도 모르기 때문이다.

적어도 타일런트는 재료가 될 학생들이 꼭대기까지 도착하는 시간이 오래 걸리는 것을 바라지 않는다.

최대한 빠르게 꼭대기로 오도록 하고, 성배로 전환하여 사일러드의 힘을 흡수해야 하니까.

타일런트도 숙원의 완성이 점차 다가오고 있음을 느끼자 지긋지긋한 꼭대기에서 벗어나, 마음껏 활동하고 싶은 욕구가 점점 가득 차오르고 있었다.

그렇기에 쿠로와 테슬라가 동시에 다음 층으로 향하길 바랐고, 둘 중 하나만 먼저 올라오면 타일런트도 난처한 상황이 된다.

이미 특정 학생을 돕는 교수까지 배치한 상황에 타일런트가 눈치 볼 일은 없을 거라는 생각이 들겠지만, 무조건 그런 건 아니다.

진귀하고 자신이 가장 원하는 재료임에는 맞지만, 아직 입증 단계를 거치지 않았기에 더더욱 그런 것이다.

　꼭대기로 향하는 과정에서 필수적으로 행해야 하는 일.

　학생들 사이에서 경쟁하고, 그 경쟁에서 이겨 제단을 처리하고 얻은 포인트.

　타일런트는 그런 과정을 '제련'이라고 말하고 싶은 사람이다.

　그리고 재료가 될 학생들은 아직 제련되지 않은 원석.

　원석 그 자체도 훌륭한 상태지만 제련을 거치고 나면 더더욱 훌륭하게 변하니, 최대한 변수를 줄이기 위한 타일런트의 조치였다.

　ㅡ테슬라의 포인트가 몇이나 있지?

　타일런트가 모브로 윕에게 메시지를 보냈다.

　현재 강당엔 트레샤와 쿠로가 모인 상태이니, 직접 목소리를 내어 주고받을 수 없어 선택한 방법이다.

　ㅡ잠시만 기다려 주십시오.

　윕은 곧장 자신의 모브를 이용해 학생이 가진 포인트를 확인했다.

─18포인트입니다.

테슬라는 그 짧은 시간에도 제법 많은 포인트를 얻었다.

역시 재능은 확실한 학생이다.

보통 분교의 평범한 학생이 이 포인트를 모으려면 몇 년은 걸리는 속도였다.

제단 활동이 자주 일어난 것도 한몫했고.

테슬라의 담당 알프릭이 그를 돕는 몫도 결코 간과할 순 없지만.

적어도 제단을 직접 닫는 건 테슬라라는 학생 개인의 몫이다.

아르텔만큼이나 상당히 빠른 속도였다.

─18이라……. 마침 12포인트가 모자라군. 잠깐, 2층이면 정원에 제단이 네 개나 모여 있지 않았던가?

자신이 직접 배치한 제단이니 타일런트도 모를 리가 없었다.

─그렇습니다.

─잘됐네. 시간 좀 끌다가 테슬라도 함께 보내도록. 그게 네가 할 일이다.

-알겠습니다.

그렇게 윕은 타일런트와의 연락을 끝냈다.

이제 무슨 핑계를 대며 둘러댈지는 그의 몫이다.

'이럴 줄 알았으면 굳이 부르지도 말 걸 그랬어.'

그는 자신의 선택에 후회했다.

괜히 쿠로와 트레샤를 강당으로 불러 상황을 귀찮게 만든
게 전부 자신의 책임이기 때문이다.

"하나 궁금한 게 있군, 쿠로 학생."

윕은 트집 잡을 수 있는 좋은 묘안이 떠오르자마자 그에게
물었다.

"네, 교수님."

"학생은 나에게 둠 리포졸이라는 마법을 배웠어. 그렇지?"

"네."

트레샤는 그저 옆에서 듣기만 했다.

딱히 나설 이유도 없고, 이미 어느 정도 다 예상한 것이기
에 놀랍지도 않았다.

'그런데 갑자기 그걸 왜 물을까? 이럴 땐 보통 트집 잡는
다는 생각이 강하게 드는데.'

그저 다음 이어질 윕의 헛소리가 무척이나 궁금해졌다.

드디어 윕의 헛소리의 정체가 드러나기 시작했다.

"학생은 제단을 닫을 때, 둠 리포졸을 사용한 적이 있나?"

"……아니요."

그러나 쿠로는 소심하게 답했다.

둠 리포졸을 이용해서 제단을 닫은 적이 없기 때문이다.

하지만 적어도 트레샤는 웝이 무슨 생각으로 그런 헛소리를 하는지 금방 알 수 있었다.

'풉, 그렇군. 지금 당장 우리가 다음 층으로 향할 수 없는, 그런 상태인 거구만?'

그 순간, 트레샤는 등을 휙 돌렸다.

당연, 그의 행동은 웝의 눈살을 절로 찌푸리게 만들기 충분했다.

"트레샤 교수, 지금 뭐 하는 거지?"

"뭐, 듣자 하니 뻔한 것 같은데요? 기껏 익힌 마법을 실전에서 한번 사용해 봐라, 그래야 다음 층을 갈 수 있다, 이런 거 아닙니까?"

트레샤도 웝의 시선을 피하지 않고 당당하게 맞서며 답했다.

"……."

그러자 웝은 꿀 먹은 벙어리라도 된 것처럼 입을 갑자기 꾹 다물었다.

'멍청한 놈. 온실 속 화초가 잡초를 이기려 들지 말거라. 사람들이 왜 잡초를 욕하는지 아느냐? 생명력이 질기기 때문이지. 아무리 싹을 잘라도 기어코 다시 살아나니까. 그 질

긴 생명력의 원동력은 바로 풍파 속에서 살아오며 터득한 눈치와 촉이야.'

아르키스 에이머가 사라진 300년.

에타르만 풍파 속에 살았나?

그의 옆엔 트레샤와 알프릭이 있었다.

풍파 속에서 언제 전복될지 모르는 위태한 돛단배를 이 셋이 타고 있다고 가정하면.

에타르는 직접 돛을 부여잡으며 배가 기울어지지 않게 풍파의 중앙에서 갖은 고생을 한 인물이라면, 알프릭과 트레샤는 선실에서 대기하던 인물들이다.

에타르만큼의 고생은 한 적이 없을 수는 있지만, 적어도 그 풍파를 경험한 적은 있기에 어떻게 대처하면 풍파를 벗어날 수 있는지 방법을 터득한 인물이라는 뜻이다.

그러나 웝은 그런 풍파 없이 자라 왔기에 트레샤와 비교하면 한참이나 역량이 부족한 교수다.

'자, 어떻게 나올래, 꼬맹아?'

트레샤는 비웃는 듯한, 기분 나쁜 미소를 의도적으로 흘렸다.

그렇게 트레샤와 웝의 기 싸움이 시작되었다.

쿠로는 그 사이에서 불안한 눈빛으로 두 사람의 눈치를 봐야만 했다.

그러다 문득, 정말 트레샤 교수의 생각이 맞는지 궁금해서 쿠로가 직접 물었다.

"정말 그런 생각이신 건가요…… 교수님?"

"그렇다."

윕은 사실대로 답했다.

마땅히 떠오르는 변명도 없거니와 굳이 거짓말로 둘러댈 이유도 없다고 판단했다.

"……아."

하지만 쿠로의 입장도 억울한 건 매한가지.

그는 기껏 포인트를 다 모았는데 갑자기 조건 하나가 추가된 것에 대한 부당함을 강력하게 어필하기 시작했다.

"아무리 그래도 전 포인트를 다 모았는데, 이건 부당하다고 생각합니다."

그러자 윕의 표정이 밝아졌다.

부당이라는 단어가 쿠로의 입에서 나온다면, 훌륭한 트집이 또 하나 존재했기 때문이다.

'이런, 학생, 그 말을 하면 안 됐어.'

트레샤도 어느 정도 눈치를 챘다.

"부당? 네 입에서 그런 말이 다 나오다니. 넌 적어도 그런 말을 하면 안 됐지."

"……왜죠?"

"너에겐 다른 학생들에게 없는 담당 교수도 있고, 결정적으로 마법 하나 익혔다고 내게 보상으로 29포인트까지 받아 가지 않았던가? 다른 학생들도 그렇게 해 주길 바라는 건가?"

"......"

"다른 학생들과는 달리 아주 편안하게 2층을 통과할 수 있는 순간인데, 그게 그렇게 어려워?"

급기야 윕은 쿠로를 쏘아붙이기 시작했다.

윕의 말도 완전히 틀린 것은 아니나, 정답도 아니다.

애초에 쿠로가 원해서 담당 교수를 배정한 것도 아니며 느닷없이 먼저 의문의 장소로 끌고 간 것도 윕 때문이었다.

윕도 그런 쿠로의 생각을 모를 리가 없기에 비수를 꽂았다.

"아예 없었던 걸로 할 수도 있어. 그리고 교수에게 이런 불순한 태도라면 퇴학도 고려할 수 있지."

학생에게 친절한 적이 없던 분교.

그 성격이 실로 오래간만에 다시금 나타나는 순간이다.

쿠로도 꼭대기라는 곳만 목표로 하여 달리는 평범한 학생이다.

그가 가진 재능이 비범할 뿐이지, 목표는 다른 학생과 똑같이 평범하다는 뜻이다.

그런 꿈을 정말로 이룰 수 없을지도 모른다는 생각에 쿠로는 주눅이 들어 맥없이 고개를 끄덕였다.

"......알겠습니다."

"그럼 얘기는 끝났군."

원하는 것을 얻은 웝은 그대로 강당에서 나갔다.

❦

"교수님, 궁금해요."

트레샤와 쿠로가 함께 복도를 걷던 중에, 문득 쿠로가 먼저 말을 걸어왔다.

"뭐가?"

트레샤는 쿠로에게 시선도 주지 않고 입으로만 답했다.

"어떻게 웝 교수님이 그런 제안을 할 거라는 걸 바로 눈치채신 거예요?"

"……."

쿠로는 강당에서 있었던 일을 아무리 생각해 봐도 이해가 되지 않았다.

웝이 조건을 하나 더 건 것이 이해가 안 되는 게 아니라, 도대체 무슨 근거로 트레샤가 그렇게 선수를 쳤는지였다.

그러나 트레샤는 답할 수 있는 질문이 아니다.

이는 소위 말하는, 어른들의 사정이기 때문이다.

"……그냥 내가 남들과 달리 촉이 좋을 것뿐이야."

그저 그렇게 둘러대는 답만 뱉을 수 있었다.

'귀찮군, 이상한 곳에 꽂히는 녀석이잖아.'

트레샤도 어서 쿠로에게서 벗어나고 싶었다.

"촉이 좋다라⋯⋯. 그건 교수님이 똑똑한 것도 한몫한 거겠죠?"

의미 모를 질문이다.

"글쎄."

"뭐, 좋아요. 서클이 오르면 똑똑해지는 건가 보네요. 그런 촉도 생기고."

"⋯⋯?"

혼자서 무슨 깨달음을 얻었는지, 쿠로는 제법 자신만만한 목소리였다.

트레샤가 슬쩍 그의 표정을 살피니 표정도 목소리와 똑같은 감정이었다.

분명 이렇게 생각하고 있으리라.

자신도 서클이 올라서 그런 촉이 좋은 마법사가 되겠노라고.

'별 이상한 사고방식을 가지고 있는 학생이네.'

트레샤도 이런 유형은 생각해 보면 처음인 것 같았다.

보통의 학생이라면 별로 생각하지도 않고 그대로 넘길, 가벼운 일인데도 쿠로는 사소한 것도 놓치지 않으려고 몸부림치는 것만 같았다.

'더블 캐스터라 그런가?'

단일 원소사와는 분명히 다른 생각 방식을 가진 마법사.

그저 지금의 질문도 그것의 일환이라고 생각하고 가볍게 넘겼다.

"아! 참! 교수님!"

그러던 중 쿠로가 뜬금없이 큰 목소리를 냈다.

"왜."

"혹시 저를 도와주는 게 의무인가요?"

"딱히…… 그렇진 않을걸."

이 부분은 트레샤도 정확히 모른다.

윕도 학생을 도우라곤 했지만, 사력을 다하라는 말은 없었으니까.

게다가 이번엔 특이한 조건이 하나 붙었다.

바로 쿠로가 둠 리포졸을 이용해 제단을 닫아야 한다는 것.

트레샤가 플레우드도 아니고, 그의 스승처럼 링킹을 연결해 둠 리포졸 유지에 필요한 마나를 보태 줄 수도 없다.

그저 다른 학생들의 난입을 막는 것이 그가 할 수 있는 전부다.

그런데 쿠로가 갑자기 이렇게 뜬금없이 묻는다면, 다음으로 이어질 말은 트레샤가 생각해도 너무나 뻔했다.

"의무가 아니라면 안 도와줘도 된다고?"

"……오, 어떻게 바로 알아차리세요? 역시 엄청 똑똑하신 교수님이시네요."

'……모르는 게 바보이지 않을까.'

그 말은 속으로 삼켰다.

"네 능력을 시험해 보고 싶어서 그러는 거지? 다른 학생들의 방해를 받아도 계속 유지하려는 시험."

"맞아요!"

급기야 손가락까지 튕기며 답하기에 이르렀다.

"그래라. 안 나와도 된다면 나도 좋지."

"하하, 감사합니다."

"감사는 무슨……. 쉬어라."

그렇게 트레샤는 쿠로를 보내고, 대기실로 돌아왔다.

"흐음…….."

대기실엔 자리 하나가 비었다.

바로 에타르가 있던 곳이다.

"쩝, 한 명 빠졌다고 이렇게 넓어 보일 수가 있나."

이상하게 헤어진 지 얼마나 됐다고 벌써부터 에타르가 그리워진 순간이다.

검은색 교수의 인상착의는 1층의 케린과 상당히 흡사했다.

긴 흑발, 검은 눈동자. 하얀 피부.

그러나 의아한 것은 케린보다도 어려 보인다는 점이었다.

'……조금 위압감이 느껴지는 마법사군요.'

에타르가 링킹을 통해 내게 전했다.

'넌 그렇게 느껴져? 난 아무렇지도 않은데.'

'네. 그렇다고 공포에 질릴 정도는 아니에요. 그저 기분이 상당히 불쾌한 정도입니다.'

아무리 그래도 본교 교수에게 그런 감정을 느낀다는 것은 두 가지로 볼 수 있다.

첫째, 저 교수의 역량이 제법이다.

둘째, 에타르의 심신이 미약한 상태라 과한 반응을 보이는 것이다.

그러나 내가 보는 에타르는 심신 미약으로 보이진 않았고, 첫 번째가 맞는 듯했다.

에타르는 느끼는데, 나는 느끼지 못하는 이유.

서열을 굳이 나누자면 나에게는 못 미치지만, 에타르와 동등하거나 미세하게 앞설 수도 있다는 뜻이다.

'너무 신경 쓰지 말아라.'

'물론이죠.'

둘만의 속삭임이 끝나자, 드디어 4층의 교수가 입을 열었다.

"반갑다. 4층에 온 것을 진심으로 환영한다."

얼씨구, 환영씩이야.

분명히 본교에 막 입학했을 때랑 2층으로 진입할 때도 못 들었던 소리 같은데.

정말인지 어울리지도 않는 소리가 나오니 소름이 조금 끼쳤다.

아니, 정말 진심으로 하는 환영 인사일 수도 있겠다.

우린 타일런트의 재료 후보자로 확정된 상태니까.

그 심정이 고스란히 드러나는 인사말이었다.

"……4층? 3층이 아니고요?"

헤이가 물었다.

나와 에타르는 이미 샹들리에의 등의 개수로 여기가 4층임을 알아차렸지만, 나머지 학생들은 구별하는 방법을 모른다.

2층에서 갑자기 4층으로 온 상황에 헤이는 물론 키에나, 밴시까지 어리둥절한 모습이었다.

특히 밴시는 슬쩍 내게 시선을 보냈다.

정말 4층이 맞냐는 물음을 담은 눈빛이지만, 교수 앞이지 않은가.

내색할 수 없기에 못 본 척하며 무시했다.

"그래. 여긴 본교 4층. 3층을 왜 생략했는지는 궁금해하지 마. 어차피 알려 줄 생각도 없으니까. 그저 그만한 자격이 있으니까 온 거야."

꽤 당돌하게 답하는 교수다.

그리고 여전히 숨기는 법이 없다.

아마 이곳이 에드 분교였다면, 납득이 되지 않더라도 부실한 설명이라도 했을 터인데, 꼭 그녀의 말은 '그냥 닥치고 가만히 있어.'라고 으름장을 놓는 것처럼 느껴졌다.

"내 소개가 늦었군. 난 4층에서 교수를 맡고 있는 드라코 베인이다. 그리고 4층의 일정을 설명하기 전에……."

그녀는 설명하다 말고 에타르와 시선을 맞췄다.

"에타르 교수는 대기실로 가는 게 어떨까? 이미 마련해 놨는데."

겉보기엔 친절한 권유로 보이지만, 빨리 사라지라는 독촉과 다를 게 없었다.

꼭 에타르가 지금 이 자리에 있으면 안 되는 것처럼 들렸다.

그리고 여전히 그를 향한 하대.

이것은 베인이 선임 교수이며, 에타르가 그 후임 교수인 2층의 상황이 그대로 이어지는 중으로 보였다.

"글쎄요. 대기실 위치를 알려 주는 모브가 저에겐 없어서요. 2층에서도 받질 못했는데."

에타르는 나긋나긋한 목소리로 답했다.

그러면서도 뜻대로 쉽게 흔들리지 않겠다는 굳은 항쟁만의 의지가 느껴졌다.

"그럼, 이거 쓰면 되겠네."

굳이 귀찮은 신경전을 펼치기 싫다는 느낌으로, 베인은 품 안에서 모브 하나를 꺼냈다.

"공용 모브다. 학생용과 달리 몸에 심는 건 아니니까 그렇게 달고 다녀. 참고로 제단 활동도 그 모브가 알려 줄 거다."

"공용 모브라면, 하나만 준다는 뜻으로 들리는군요."

"맞아. 나중에 올 자네의 동료 교수들과 함께 쓰면 돼."

분명히 에타르에게 듣기론 2층 대기실에선 열 개의 모브가 제단 활동이 감지되면 메시지로 알려 주었다고 했다.

그런데 돌연 4층에선 하나로 통합된 걸 보면, 급하게 만든 것으로 보였다.

애초에 에타르, 트레샤, 알프릭 이 삼인방이 본교 교수로 넘어오게 된 것도 상당히 즉흥적인 계획이었으며, 본교는 그만한 준비가 되어 있지 않았으니까.

준비는 뒷전이고, 일단 셋을 불러오는 게 먼저였던 것이다.

"신기하군요."

에타르는 베인에게 받은 모브를 살피며 답했다.

"대기실 위치는 거기에 표시되어 있고, 제단의 활동이 감지되면 지도 형식으로 나타날 거다. 그럼 대기실로 가도록."

"예, 그러죠."

에타르도 불필요한 신경전을 벌이지 않고 순종적으로 따랐다.

그가 강당을 나서기 직전에, 내게 한마디를 남겼다.

'특이 사항이 있으면 연락드리겠습니다.'

'그래.'

에타르가 강당에서 나간 순간, 난 에타르와의 링킹을 해제했다.

"자, 그럼 4층의 방식에 대해 설명하겠다."

이제 베인의 시간이다.

동시에 나를 비롯한 나머지 학생들도 그녀에게 집중했다.

"일단 4층의 제단은 총 네 개. 5급 두 개, 6급 두 개지."

그녀의 말을 듣고 나도 모르게 고개를 갸웃거렸다.

2층엔 제단이 열 개나 있었는데 왜 4층엔 네 개밖에 없을까.

1층에선 분명히 여섯 개였다.

따라서 층을 오르면 오를수록 제단의 개수도 많아질 것이라고 예상했는데, 완전히 빗나갔다.

오히려 4층에선 층의 숫자와 딱 맞는 네 개일 줄은 예상하지 못했다.

'아니면…… 본래 더 많았는데 개수를 줄인 건가?'

이 제단은 내가 대마법사로 있었던 시절에도 존재하던 게 아니다.

타일런트가 오랜 연구를 한 끝에 개발한 것이고, 인위적으로 배치, 복사까지 가능한 시대.

따라서 우리가 올라오기 전에 개수를 조정했을지도 모르는 일이다.

솔직히 난 그럴 거라고 생각한다.

왜냐, 1층과 2층의 제단은 서로 중복되는 급이 있었는데, 4층은 그렇지 않다는 것.

5급과 6급.

마법사로 치면 5서클, 6서클이다.

이건 이미 4층에서 생활하고 있는 학생들을 살피면 금방 알 수 있는 것들이니 크게 신경 쓰지 않았다.

베인은 설명을 이었다.

"졸업 조건 포인트는 너희가 있던 1층, 2층과 동일한 30포인트. 5급은 3포인트, 6급은 5포인트를 얻을 수 있다."

포인트 지급량도 조금은 달랐다.

급수는 하나 차이인데 지급량은 2나 차이가 나니, 꽤 머리 아프게 계산해야 했다.

"그리고 너희 둘."

베인은 키에나와 헤이를 지명하며 말했다.

"본교 입학 당시 1층에서 설명은 들었을 거다. 수업은 4층부터 있다고."

베인의 말에 키에나와 헤이는 고개를 끄덕였다.

"수업은 너희 둘만 받는다."

"······네? 저희 둘만요?"

키에나는 무표정으로 가만히 있었고, 헤이가 나서서 되물었다.

함께 4층에 온 것은 네 명인데 어째서 두 명만 수업을 받는 것인가 하는 의문에서였다.

"그렇게 됐다. 깊게 알려고 하지 말도록."

"그럼 저희 둘은 뭘 합니까?"

내가 물었다.

어떤 수업을 진행하는지는 모르겠지만, 남겨진 나와 밴시는 앞으로 어떻게 행동해야 할지 전혀 감이 잡히지 않아서였다.

애초에 본교는 팀, 개인으로 나누어 활동한다.

그래서 나 혼자 거의 모든 제단을 닫아도 우리가 함께 4층까지 올라올 수 있었다.

그런데 돌연 4층에서는 네 명 중 두 명만 수업 대상자라고 하니 의문이 생길 수밖에 없다.

분명히 1층에서 설명을 들었을 때는, 4층에서는 따로 수업을 받는 대상자라는 게 없었다.

이것도 갑자기 중간에 바뀐 것으로 보였다.

타일런트가 모종의 이유로 그렇게 조치한 것이리라.

"너희는 하던 대로 하면 돼."

베인은 내 질문은 거의 무시하는 수준으로 간단한 답만 뱉을 뿐이다.

"그럼 너희 두 학생은 30분 뒤에 모브가 알려 주는 교실로 오도록. 설명은 끝이다."

그렇게 간략한 설명을 마친 베인은 그대로 강당에서 떠났다.

강당에 남겨진 우리 넷은 그저 서로 멀뚱히 쳐다보다가 각자의 기숙사로 향하기 시작했다.

"도대체 무슨 수업이지?"

복도를 걷던 중 헤이가 중얼거리듯 말했다.

단순 혼잣말이 아닌, 옆에서 걷는 내게 묻는 듯한 뉘앙스였다.

"나도 궁금하네. 헤이, 수업받고 나서 수업 내용 좀 알려 줄 수 있어?"

"어렵지 않지. 그런데 왜 우리 둘만 수업을 들으라는 걸까⋯⋯."

'키에나와 헤이도 재료 후보자가 된 거지, 뭐.'

다른 학생들은 이해할 수 없겠지만, 적어도 난 알 수 있었다.

키에나까지 갑자기 더블 캐스터로 각성한 상황을 2층의 윕에게 알린 결과가 3층은 생략하고 4층으로 입학.

그리고 키에나와 헤이만 수업의 대상자다.

'아무래도 둠 리포졸을 가르치려는 것 같네.'

타일런트가 이런 조치를 취해 준다면야, 내가 세운 가설이 완벽히 들어맞아 가는 중이다.

만들 수 있는 약물의 개수보다 현재 후보자가 더 많다.

그래서 타일런트는 3층은 생략하고, 4층으로 우릴 올리고 그 분류 작업을 시작하는 중인 것이다.

그 증거로 밴시는 아예 대상자도 되지 못했다.

심지어 베인은 밴시에게 눈길 한번 주지 않았다.

더블 캐스터 두 명에게만 차별적인 관심을 보이니 확실하다.

그렇게 각자의 기숙사에 도착해, 속속 안으로 들어가던 중이었다.

난 자신의 기숙사로 들어가기 직전인 밴시가 눈에 들어왔다.

그리고 그 순간.

'혹시?'라는 생각이 문득 들었다.

뒤를 슬쩍 훑었다.

키에나와 밴시는 이미 기숙사 안으로 들어가고 복도에서 모습이 사라졌다.

곧 수업의 시작이니 그 준비로 바쁜 것으로 보였다.

난 기숙사로 들어가기 직전인 밴시를 뚫어져라 쳐다보며 계속 생각했다.

'충분히…… 시도해 볼 법한데?'

그리고 밴시가 기숙사 안으로 들어가고, 문이 천천히 닫히는 그 순간.

나는 재빠르게 달려서 손으로 문틈을 막았다.

"……깜짝이야! 뭐야?"

"얘기 좀 하자."

밴시는 고개만 빼꼼 내밀어 복도를 확인했다.

키에나와 헤이가 복도에 없다는 것을 직접 눈으로 확인하자 말투가 바뀌었다.

"……중요한 겁니까?"

"응. 내가 생각하기엔."

"들어오세요."

그렇게 그녀와 함께 아직 정리되지 않은 기숙사로 들어갔다.

내가 꼼꼼히 문단속을 하는 사이, 밴시가 캐리어를 일단 구석에 밀어 넣고 내게 물었다.

"하실 말씀이 뭔데요?"

"밴시, 혹시 말이야."

"네."

"너 더블 캐스터가 되는 거 어떠냐?"

"……네?"

내 제안에 그녀의 동공은 크게도 흔들렸다.

"무슨 말씀이세요……? 갑자기 더블 캐스터 행세라뇨?"

"그게 말이야."

밴시에게 왜 키에나와 헤이만 수업의 대상자인지, 그리고 2층에서 웝의 뒤를 밟다가 무엇을 들었는지 등등.

설명을 전부 마치자 밴시가 다시 물었다.

"……그래서 아르키스 님 생각으로는, 제가 갑자기 더블 캐스터가 된 것처럼 연기를 하면 저도 그 수업의 대상자가 될 것이라는 뜻이죠?"

"응, 그걸 직접 확인하고 싶어서. 지금 타일런트는 분류 작업을 하고 있는 중으로 보이거든."

"확실히, 제가 생각해도 이상했어요. 왜 그 둘만 콕 집어서 수업이라고 하는지요."

"아무튼, 그래서 어때? 생각 있어?"

"명령이 아니라 제안이었던 겁니까?"

밴시는 조금 감동을 받은 것 같은 표정을 지었다.

아니, 조금이 아니라 갑자기 눈망울이 촉촉하게 빛났다.

'……왜 이래?'

넷과 여섯

"아르키스 님은 참 배려심 깊은 분이시네요."

조금은 뜬금없이 느껴지는 밴시의 말이었다.

"갑자기 웬 배려심?"

"아니, 어차피 스승이시고, 전 제자인데 충분히 명령으로 하실 수 있잖아요. 그런데 제안을 하시니까 조금 감동적이라고나 할까요?"

"……별게 다 감동이네. 명령으로 하지 않은 이유는 간단해. 위험하니까. 타일런트의 재료 후보가 되는 일이라고. 솔직히 너까지 끌어들이고 싶진 않았어."

"괜찮아요."

그런데 내 걱정이 무색하게 느껴질 정도로 그녀의 대답은 날카로웠다.

"뭐가 괜찮아?"

"어차피 제 주적도 이제 아르키스 님이랑 같지 않습니까. 에타르 님은 무고한 희생자일 뿐이었으니까요."

에밋 가문이 몰락한 이유에 대해 말하는 그녀다.

"그렇기야 하지만……."

"그러니까 괜찮아요. 먼저 그렇게 말씀해 주셔서 감사하고요."

밴시는 이미 결정을 굳힌 모습이다.

"자, 그럼 무슨 원소로 할까요? 더블 캐스터 행세를 위한 남은 원소."

그리고 중요한 것을 물었다.

"흐음…… 나도 그게 고민이긴 한데."

"저도 불과 어둠으로 하기엔 조금 그렇지 않나요? 중복이 너무 심한 거 같은 느낌인데."

그녀의 말엔 동감이다.

밴시까지 불과 어둠의 더블 캐스터가 되면 같은 원소를 가진 더블 캐스터는 세 명이나 된다.

정확히는 현재 다섯 명의 더블 캐스터 중 전부가 가진 게 어둠 원소이긴 하지만, 밴시까지 그럴 필요가 있을까 싶은 마음이다.

차라리 이런 상황이라면.

밴시만큼은 다른 원소를 가져서 타일런트를 더욱 고민하게 만드는 게 어떨까 싶었다.

"빛은 어떨까요? 어둠 원소가 장악한 시대에서 빛과 불이 탄생하면 의미도 있어 보이고. 좋을 것 같은데."

"빛과 불이라······."

그녀의 말대로 빛 원소의 더블 캐스터의 탄생이라면 꽤 의미가 있는 일이기도 하다.

게다가 어둠으로 일관된 더블 캐스터 중에 유일한 빛 원소사.

아마 타일런트도 꽤 흥미롭게 지켜볼 것으로 예상됐다.

아무리 타일런트가 빛 원소사를 싫어하는 성향이더라도, 그건 어디까지나 동문이었던 알프릭에 한해서다.

여태까지 탄생하지 않았던, 빛 원소사를 가진 더블 캐스터의 등장이라면 타일런트는 머리가 더 아파 올 수밖에 없다.

"그게 좋겠다. 빛 원소."

"그럼 바로 시작할까요?"

밴시는 의욕이 충만한 모습이었다.

"음····· 아니, 바로는 조금 이른 거 같고. 적절히 상황 좀 보다가 내가 따로 알려 줄게. 그때 하는 게 어떠냐?"

"좋습니다. 기다리고 있겠습니다."

그렇게 밴시와의 상의는 일단락되었다.

난 내 기숙사로 돌아온 뒤 앞으로의 상황을 예상하던 중, 문득 걸리는 게 있었다.

'쿠로와 테슬라까지 4층으로 올 건 뻔한 일인데, 그럼 제단이 다시 자주 열리잖아? 수업이 제대로 되려나?'

과연 타일런트는 이 부분에 대해서 어떤 조치를 내렸을지 심히 궁금해졌다.

30분 뒤.

키에나와 헤이는 교수 베인의 연락을 받고 교실을 찾았다.

본교에서 처음으로 수업을 받는 역사적인 순간이다.

"음…… 아무것도 없네."

헤이가 교실을 살피며 말했다.

교실은 상당히 넓었는데 책상이며 칠판, 단상까지, 있어야 할 것들이 하나도 없는 휑한 모습이었다.

그래도 헤이에겐 이런 교실의 모습이 낯설게 다가오지 않았다.

에드 분교 3클래스에서부터 이런 교실은 많이 봤으니까.

'그렇다면 바로 실습 위주의 수업이겠네.'

교실의 상태만 봐도 어떤 수업이 기다리고 있을지 대략 감을 잡을 수 있었다.

"키에나, 떨려?"

"음, 아니!"

키에나는 헤이와 단둘이 붙어 있자, 에드 분교 때의 그 활발한 모습을 되찾았다.

아르텔과 있을 땐 그저 무뚝뚝하게 차갑기만 한 그녀와는 상당히 상반된 모습이다.

물론, 헤이는 키에나가 아르텔과 함께 있을 땐 그런 모습이었다는 건 모른다.

그렇기에 헤이는 지금 키에나의 모습이 정상이라고 받아들이는 중이다.

"오히려 기대되는데. 과연 무슨 수업을 할지!"

게다가 조금은 들떠 있는 키에나였다.

그렇게 둘이 수다를 한창 이어 갈 때, 교실로 교수 베인이 들어섰다.

베인은 시선으로 키에나와 헤이를 한 번씩 훑고 나서, 서론 없이 바로 본론으로 넘어갔다.

그녀는 거대한 어둠 원소 구체 하나를 구현하고 손으로 주물럭거리면서 무언가를 만들기 시작했다.

이윽고 마법을 완성한 베인.

그러자 키에나와 헤이는 고개를 갸웃거렸다.

분명히 알고 있는 마법이기에 그런 반응이 나온 것이다.

"그래, 너희 친구가 사용하는 마법이지. 둠 리포졸이라는 마법이다."

"둠…… 리포졸?"

그제야 키에나와 헤이도 마법의 이름을 알 수 있었다.

"성능은 너희 친구가 사용하는 걸 계속 봤을 테니 굳이 설명 안 해도 되겠지?"

협박과 비슷한 물음에 둘은 고개를 천천히 끄덕였다.

"4층의 수업이 바로 이거다. 둠 리포졸을 익히는 것. 너희는 둠 리포졸을 익혀야만 제단을 닫으러 갈 수 있어."

키에나와 헤이의 머릿속에 의문이 떠올랐다.

지금 베인이 한 말대로라면 둠 리포졸을 익히지 못할 경우 제단을 닫으러 갈 수가 없다.

두 사람은 그런 상황이 발생하면 뭔가 불이익이 있을 것 같다고 느껴졌다.

"교수님, 제단을 닫으러 갈 수 없다는 건…… 만약 그런 상황이 되면 뭔가 불이익이 있는 건가요?"

헤이가 물었다.

"똑똑하네. 맞아. 만약 그런 상황이 발생하면 너희는 졸업을 할 수 없지."

베인의 답은 꽤 충격이 컸다.

그렇다는 것은 4층부턴 졸업 조건에 둠 리포졸을 익히는 것이 추가됐다는 소리다.

이는 키에나와 헤이가 조급함을 느끼고 둠 리포졸을 익히게 하기 위한 타일런트의 조치다.

애초에 현재 제조 가능한 성배의 개수는 네 개.

한 개는 이미 아르텔로 확정이 난 상태이니, 남은 건 세 개다.

그런데 더블 캐스터는 네 명.

그 분류 작업의 시작이었던 것이다.

"……그게 무슨 말씀이세요? 졸업을 할 수 없다뇨? 저희는 팀으로 활동 중인데요?"

헤이가 따지듯이 물었다.

아무리 생각해도 이상하다고 느껴져서다.

여태까지 아르텔이 거의 혼자 모든 것을 다 하다시피 해도 문제없이 올라왔는데, 돌연 중층이라 불리는 4층에서 갑자기 그 기준이 바뀌었으니 말이다.

"팀이면서 개인인 셈이지. 너희들이 저층에 있을 때는 아르텔 혼자 모든 제단을 닫아도 함께 올라올 수 있었지만, 언제까지 그게 가능할 거라 생각해?"

"……."

"본교는 본래 각 분교의 엘리트들이 오는 곳이야. 그런 곳에서 팀을 잘 만났다는 이유로 쉽게 올라갈 거라 생각했어? 네 친구가 그 정도 재능을 가졌으면, 너도 똑같지는 않더라도 비슷한 재능을 가져야만 꼭대기로 향할 수 있다고."

듣고 보니 베인의 말도 틀린 게 아니다.

본교는 학생 마법사가 최종 목적지로 하는 꼭대기가 있는 곳.

그런 곳을 그녀의 말대로 팀을 잘 만났다는 이유만으로 남들과 달리 쉽게 올라가는 건 애초에 말이 되지 않았기 때문이다.

"너희 팀은 네 명이더군. 그리고 합격 기준 포인트는 30. 따라서 한 학생이 얻을 수 있는 최대 포인트는 7.5뿐이야."

이렇게 되면 아르텔 혼자 모든 제단을 닫아도, 얻을 수 있는 포인트는 7.5로 고정되며, 넘을 수 없다.

남은 학생들이 나머지 포인트를 채워야만 다음 층으로 향할 수 있는 제약이 생겨 버린 것이다.

"그럼 둠 리포졸을 익히고 함께 닫으면 되는 건가요?"

헤이는 이제 따지는 것을 관뒀다.

"그래. 어때, 간단하지?"

"네. 바로 시작해 주세요."

절대 간단한 과제가 아니지만 헤이는 이미 체념했다.

학생 신분으로 어떻게 학교를 거스를 수 있을까?

자신에겐 현재 그만한 힘이 없기에, 학교가 정해 주는 대로 따라야만 했다.

그것은 키에나도 동감이었으며, 아르텔과 함께 꼭대기로 향하고 싶은 마음도 똑같다.

따라서 결론이 나지 않을 논쟁을 계속하느니, 일단은 정해 준 대로 따르는 것이 가장 현명한 선택이라고 여겼다.

"좋아."

베인도 곧장 헤이, 키에나만을 위한 둠 리포졸 수업을 시작했다.

아니, 사실상 타일런트를 위한 수업이었다.

✵

저녁때의 일이었다.

헤이가 같이 밥이나 먹자며 나를 식당으로 불렀다.

식당으로 향하니 키에나와 헤이는 먼저 자리를 잡고 나를 기다리고 있었다.

식당엔 둘 말고도 다른 학생들이 많이 보였다.

기존에 4층에 있는 학생들이다.

학생들은 우리의 인상착의를 보고 심하게 경계하는 모습이었다.

더블 캐스터가 셋이나 모여 있는, 그들이 살면서 동화 속에서도 들어 본 적이 없는 믿기지 못할 광경을 직접 목격한 순간이니까.

난 그런 학생들의 시선은 일단 무시하고 키에나와 헤이를 마주 보고 앉았다.

키에나는 늘 그렇듯 무표정했고, 헤이도 비슷했다.

"수업은 어땠어? 무슨 수업이었고?"

"이거 알려 주더라고."

키에나는 가만히 있고 헤이가 답했다.

그는 답하면서 자신의 접시 옆에 작은 어둠 원소 구체를 하나 구현하고, 한 손으로 구체를 조몰락거렸다.

그러자 어둠 원소 구체는 곧 어린이를 위한 작은 장난감처럼 변했고, 책상에 두 발로 섰다.

둠 리포졸.

내 예상이 맞았다.

"아르텔 네가 본교 1층에서부터 사용했던 마법, 그걸 알려 주던데?"

난 헤이의 둠 리포졸을 눈으로 보고 혼자만의 평가를 시작했다.

'오늘 막 배웠을 텐데도 형체는 얼추 잡혔는데?'

둠 리포졸은 소환사의 라이칸과 비슷한 성격을 가졌다.

바로 시전자의 역량에 따라 그 크기가 다르다는 것이다.

하지만 지금 헤이가 보여 준 둠 리포졸의 크기는 역량이 부족해서가 아니다.

단순한 숙련도의 차이다.

키에나의 라이칸이 에드 분교에서 처음 선보였을 땐 사일러드에 비하면 한없이 작았지만, 어느 순간 거대해진 것과 똑같은 현상이다.

"키에나, 너도 할 수 있어?"

이제 내 관심은 키에나에게 쏠렸다.

밴시와 달리 그녀는 진정한 더블 캐스터다.

그건 내 눈으로 직접 확인했으니 의심의 여지가 없다.

우리 넷 중 밴시와 나는 가짜 더블 캐스터고, 진짜배기 더블 캐스터는 헤이와 키에나니까.

특히나 키에나는 내가 진심으로 가장 경계하고 두려워하는 마법사인 사일러드와 깊은 연관이 있는 학생이다.

"응. 원리는 어렵지 않더라고."

키에나는 헤이와 똑같이 식탁에 어둠 원소 구체 하나를 구현하고 고사리 같은 손으로 성형하기 시작했다.

이윽고, 완전한 모습을 드러낸 키에나의 둠 리포졸.

헤이의 것보다 확실히 비교될 정도로 크다.

헤이의 둠 리포졸은 인형극에서나 쓸 정도로 작은 크기라면, 키에나는 베개 대용으로 품에 안을 수 있을 정도의 크기다.

이것이 과연 역량의 차이일지, 아니면 단순한 숙련도의 차이일지는 앞으로 지켜봐야 할 문제였다.

"……다들 대단하네. 오늘 막 배운 거 아니었나?"

이건 진심이다. 하루 만에 이 정도 형체를 잡는 건 완전히 예상 밖이었으니까.

"원리가 어렵진 않더라고. 엄청 단순한데 문제는 집중이 너무 힘들어."

헤이가 답한 그 순간.

그의 둠 리포졸은 형체를 잃고 완전히 사라졌다.

헤이는 둠 리포졸이 있던 자리를 멍하니 쳐다보다가 돌연 내게 시선을 집중하며 물었다.

"아, 참! 그런데 아르텔, 너는 어떻게 이 마법을 본교로 오기도 전에 익힌 거야? 듣자 하니 이건 본교 4층에서 배울 수 있는 마법이던데."

"……어, 그거?"

나에게 있어서는 꽤 난감한 질문이 아닐 수가 없다.

키에나도 그것이 궁금했는지 부담스럽게 느껴지는 말똥한 눈빛을 노골적으로 보내기 시작했다.

"……그냥, 책에서 봤어."

생각나는 변명이라곤 그거밖에 없다.

"도대체 아르텔 넌 어떤 책을 그렇게 본 거야? 매번 내가 모르는 책만 본 것 같은데."

그런데 키에나가 꼭 취조를 하는 것처럼 날카롭게 물었다.

그녀의 질문 공세는 이어졌다.

"분교 도서관에서 본 거야?"

"응."

"책 이름이 뭔데?"

"기억 안 나는데."

"책 내용은 기억하는데 제목은 기억을 못 해?"

"응. 그럴 수도 있지 않나?"

삽시간에 우리 둘의 대화는 꼭 싸우는 것처럼 변했다.

키에나의 태도도 참 이해할 수 없을 정도로 이상하다.

에드 분교 초급 클래스에서 어떤 책을 보고 알게 되었냐는 질문은 가끔은 있었다.

그러나 이렇게 꼬치꼬치 캐물은 적은 없었으며 공격적이지도 않았다.

그 당시엔 '충분히 그럴 수 있지.'라고 넘겼던 그녀인데 겉모습만 똑같고, 속은 다른 누군가로 채워진 것처럼 아예 사람이 한순간에 바뀐 듯한 모습이다.

"그게 그렇게 중요한 건 아니지 않나?"

이 쓸데없는 논쟁을 끝내기 위해 내가 딱 잘라 말했다.

그러자 키에나는 내 시선을 잠시 응시하더니, 고개를 작게 끄덕이며 논쟁은 끝이 났다.

썩 유쾌한 끝맺음은 아니다.

그저 귀찮아서 상대하지 않겠다는 뜻이 더 강했으니까.

"아무튼 헤이, 그래서 수업 내용은 그게 끝?"

나는 키에나와 대화하는 건 무리라고 판단, 헤이에게 시선을 고정하며 물었다.

"응. 둠 리포졸을 익혀야만 제단을 닫으러 갈 수 있대. 그러지 않으면 우린 졸업 못 해."

"무슨 소리야?"

나도 모르는 주제가 튀어나와서 의아했다.

헤이는 수업 중에 있었던 일을 설명했다.

설명은 간단했다.

4층부턴 조금 특별한 제약이 추가된 것이다.

팀으로 활동하는 우리는 팀원이 네 명.

졸업 조건 포인트는 30.

따라서 이 30을 구성원인 4로 나눠 1인당 7.5씩 채워야 한다는 것.

즉, 내가 얻을 수 있는 것도 7.5포인트가 끝.

나머지 포인트는 밴시, 키에나, 헤이가 채워야만 위로 향할 수 있었다.

'그래, 어쩐지 2층까진 너무 쉽다고 했어.'

이건 분명히 원래부터 이런 방식이 아니었을 것이다.

타일런트가 중간에서 슬쩍 바꿨다는 생각이 강하게 들었다.

3층은 생략하고 우릴 4층으로 올린 것도 그러며.

더블 캐스터인 키에나와 헤이만 콕 집어서 둠 리포졸 수업을 진행하는 것도 그렇다.

4층에 있는 제단의 개수도 갑자기 줄어든 것까지.

모든 게 이상한 변화들이다.

"그런데 헤이랑 키에나. 너희 둘 다 이 정도면 둠 리포졸을 익힌 거 아니야? 교수님한테도 보여 줬을 거 아니야?"

고작 오늘 하루 만에 성능은 둘째 치더라도 형체는 준수하게 따라 한 수준이다.

이런 속도라면 며칠 이내로 둠 리포졸을 완벽하게 익히는 수준인데, 과연 베인이 둘을 어떻게 평가했을지가 궁금했다.

"보여 줬지……."

그런데 헤이의 목소리가 급격하게 낮아졌다.

저렇게 자신이 없는 목소리라면, 필시 결과가 좋지 못하리라.

"익히는 조건은 둠 리포졸을 1시간 지속하는 거래. 그리고 크기는 우리 키와 비슷하게. 난 10분도 힘든 데다가 크기도 이렇게 작은데 할 수 있으려나."

소극적인 모습의 헤이다.

하기야 둠 리포졸이 낡은 마법이긴 하지만 그렇다고 만만한 것도 아니니 저런 태도는 납득이 된다.

실제로 헤이는 에드 분교에서부터 체격과 달리 늘 마법에 있어서는 소극적인 태도의 비중이 더 컸으니까.

'그나저나 왜 쿠로는 4시간을 기준으로 했으면서 헤이와 키에나는 1시간으로 줄인 걸까?'

그 부분도 문득 궁금해졌다.

내가 그저 가볍게 예상하는 건데, 아마 쿠로도 4시간을 채우지 못하고 끝냈기에 처음부터 4시간은 무리라고 판단한 모양이다.

그래서 타일런트의 재료 후보를 보다 정확히 분류하기 위한 빌드업으로 보였다.

이제 시선을 슬쩍 돌려 키에나를 살폈다.

그녀는 특별한 생각이 없어 보였다.

그렇게 대충 식사를 끝낸 난 자리에서 일어나며 헤이에게 한마디를 남겼다.

"할 수 있을 거야. 여태까지 늘 걱정스러웠던 것들도 잘해 왔으니까 본교까지 올 수 있었던 거잖아."

적어도 이 응원은 진심이다.

왜냐. 4층부턴 팀이자 개인으로 바뀌는 바람에 헤이와 키에나가 어서 둠 리포졸을 완벽히 익히고 제단을 닫아야만 다음 층으로 향할 수 있는 제약이 생겨 버렸으니까.

"그럼 나 먼저 갈게. 앞으로 수업 열심히 하고."

"응, 고마워. 아르텔."

헤이만 내게 인사할 뿐, 키에나는 여전히 침묵을 유지했다.

'참…… 불편하네.'

갑자기 키에나가 저렇게 변한 이유를 명확히 알고 싶을 정도다.

단순히 어둠 원소사 성향이라고 치부하기엔…….

정말 껍데기만 그대로고 속은 완전히 바뀌어 버린 것 같았으니까.

그런 키에나와 헤이를 뒤로하고 난 식당에서 나왔다.

식당에서 나오자마자 한 것은 바로 제단 찾기.

4층엔 총 네 개의 제단이 있다.

5급 두 개, 6급도 두 개.

제단 위치를 미리 나도 알고 있어야 앞으로의 활동이 편하니, 이것은 통과의례인 셈이다.

동시에 제단 위치를 찾으면서 4층에 있는 기존 학생 총원도 눈대중으로 파악할 심산이다.

그렇게 넓고 높은 학교 복도를 거닐었을 때, 내 시선을 빼앗은 한 장소가 있었다.

바로 영롱의 나무가 있는 그 정원이었다.

1층부터 6층까지 전부 똑같은 위치에 있는 이 정원.

4층의 정원도 2층과 똑같은 모습이다.

영롱의 나무는 검은색으로 일관되어 있으며 나뭇잎은 하나도 없이 앙상한 나뭇가지만 가진 처량한 나무.

그러나 2층과 다른 점은 정원에 제단은 없었다.

2층에선 4개나 모여 있던, 학생들 사이에서 인기가 넘치는 곳이었지만 이곳은 그렇지 않았다.

앙상한 영롱의 나무 나뭇가지를 시선으로 따라가던 나는 그제야 영롱의 나무가 위치한 곳의 하늘의 특이점을 볼 수 있었다.

"구름이…… 왜 저런 모양이지?"

이미 본교엔 맑은 하늘이란 없다.

사일러드가 이 학교 꼭대기에 갇히기 시작하면서, 일어난 변화 중 하나.

맑았던 하늘에는 온통 검은색이 드리웠으며 구름 또한 그런 하늘의 배경과 똑 닮은 검정이다.

그런 구름이 지금 영롱의 나무가 위치한 곳에만 비정상적인 고리를 형성하였다.

마치 거인의 손가락에 끼는 반지 같다.

'저런 구름은 분명히 없었는데…….'

웬만하면 본교의 시설물 전부가 기억나는 나다.

내가 사라진 시간은 300년이 넘었지만, 내 기억은 300년 전이 마지막이기에 이런 눈에 훤히 보이는 변화를 놓칠 리가 없었다.

난 그대로 정원으로 들어가, 영롱의 나무 앞에 서서 목덜미가 저릴 정도로 하늘을 올려다봤다.

"……제단이잖아?"

4층은 이제 제단의 모습도 바뀌어 있었다.

마법사가 원하는 곳을 자유자재로 드나드는 포털처럼, 4층은 제단이 하늘에 있었으며 구름으로 둔갑한 모양새다.

'일부러 이런 건가……?'

당최 타일런트의 의도를 알 수 없는 제단의 모양이다.

그래도 수확은 있는 셈이다.

적어도 네 개의 제단 중 하나의 위치는 완벽히 알았으니까.

단, 단점이 있다면 거대한 고리 모양을 한 구름의 제단이기에 몇 급 제단인지 알 수 없었다는 점이다.

저 제단에서 몬스터가 튀어나와야 확실한 급수를 알 수 있었다.

어쨌든 제단 하나를 찾았으니 해당 위치에 감지 마법 하나를 펼쳐 놨다.

이미 2층에서 학생들이 어떤 식으로 제단을 감지하는지 그 원리를 알았으니 나도 그대로 따라 할 생각이다.

단, 학생들과 차이점은 있었으니.

바로 난 마력(기운)을 감지할 수 있다는 것이다.

다른 사람은 몰라도 사일러드의 마력을 잘 알고 있다.

직접 그와 3일 밤낮으로 싸운 적이 있으며, 그 마법사 한 명에게 소중한 것을 뭉텅이로 빼앗겼으니까.

그런 사일러드의 마력을 감지하는 것은 그리 어렵지 않은 일이었다.

오히려 둠 리포졸보다는 눈에 잘 띄지 않는 감지 마법이 더욱 효과적이라고 여겼다.

그렇게 나는 급수는 알 수 없는 정원의 제단에 눈에 보이지 않는 감지 마법 하나를 완벽히 설치한 뒤에 정원에서 나왔다.

그 뒤로도 남은 세 개의 제단을 찾기 위해 4층 구석구석을 돌아다녔다.

난 이미 4층의 구조를 다 기억하고 있어서 일반 신입생들과 달리 모브가 없어도 자유롭게 돌아다닐 수 있다.

그래서 '타일런트라면 이런 곳에 제단을 설치해 놓지 않았을까?' 하고 추리하며 제단을 찾아다녔다.

아니나 다를까, 내가 예상하는 곳에는 전부 제단이 있었다.

네 개의 제단을 전부 찾는 데 그리 오랜 시간이 걸리지 않은 게 신기할 따름이었다.

제단을 찾으면서 4층의 학생 총원도 얼핏 헤아릴 수 있었다.

약 스무 명.

4층 이곳저곳에 분포된 학생들의 숫자이니, 그보다 조금 더 많을 수 있다.

다른 한 가지 공통점도 식별했다.

바로 4층 제단이 있는 곳에 학생들의 둠 리포졸이 없다는 것.

제단 주위에는 2층 학생들이 한 것처럼, 특정 조건을 감지하는 감지 마법만 펼쳐져 있을 뿐이었다.

'그렇다는 뜻은……'

4층에서 둠 리포졸이라는 마법을 배우긴 하지만, 아직 실전에서 활용할 수 있는 수준의 학생이 단 한 명도 없다는 뜻이다.

정말 어쩌면 헤이와 키에나보다도 형편없는 수준의 둠 리포졸을 구사할지도 모르는 일이다.

둠 리포졸은 마나가 정말 많이 드는 마법인 만큼 효율이 제대로 나오기가 힘드니까.

'자, 그럼 쿠로와 테슬라가 올라오길 기다리면 되는 건가?'

이제 남은 건 그 둘이다.

쿠로와 테슬라가 함께 있어야 제단 활동이 잦아진다.

아직 그 이유는 밝혀지지 않았지만, 그 둘도 사일러드와 어떠한 연관이 있는 것은 분명하다.

따라서 이제 할 일은 그 두 학생을 기다리는 것뿐이었다.

 ❀

아르텔 팀이 4층에 입성하고 하루가 지났을 때다.

4층 강당엔 새로운 포털이 열리더니 그 안에서 두 명의 교수들과 두 명의 학생들이 모습을 드러냈다.

바로 쿠로와 테슬라.

그리고 그들을 담당하는 교수 알프릭과 트레샤다.

고작 하루.

테슬라가 남은 12포인트를 얻는 데 걸린 시간이다.

동시에 쿠로는 둠 리포졸을 실전에서 사용하고 2층의 교수 웝으로부터 합격 통보를 받고 이곳으로 올 수 있었다.

그런데 그렇게 4층 강당으로 들어선 새로운 얼굴 중 표정을 찌푸리는 둘이 있었다.

"음? 뭔가 이상하지 않아, 알프릭?"

"……그러게. 왜 여기로 온 거지?"

넷 중 유이하게 강당 천장에 달린 샹들리에만 보고도 현재 자신들이 몇 층에 있는지 아는 교수들이다.

한때 이 학교를 관리했던 아르키스 에이머의 친위대였는데, 모른다는 게 말이 되지 않았다.

트레샤와 알프릭은 당혹스럽게 시선을 교환했다.

왜 3층을 생략하고 4층으로 바로 올려 보낸 의도를 파악할 수 없었기 때문이다.

"왜요? 교수님, 뭐 문제 있나요?"

궁금증이 많은 테슬라가 둘에게 물었다.

"아무것도 아니다. 알 필요 없어."

테슬라의 담당, 알프릭이 딱 잘라 말했다.

그와 동시에 4층 강당엔 베인이 들어섰다.

"두 교수는 나가 있지? 에드 에타르 교수가 이곳으로 오는 중이니까."

베인은 둘에게 시선도 주지 않고 상당히 무례한 목소리로 말했다.

"허허허허…… 익숙해진 줄 알았는데, 또 이렇게 들으니 아니었네. 참 적응 안 되는군."

알프릭의 도발처럼 들리는 한탄이었다.

"나가자."

반면에 트레샤는 그저 베인과 상종하기 싫은 마음에 억지로 알프릭을 끌고 나가려 했다.

사실 상종하기 싫은 마음보다 더욱 컸던 것은, 알프릭과 베인이 계속 함께 있으면 알프릭이 사고 하나쯤은 거뜬하게 칠 것만 같은 날이 선 촉이었지만.

"……."

알프릭은 잠시 베인과의 기 싸움을 펼치고, 트레샤의 손길에 못 이기는 척 강당을 나왔다.

"어땠어, 4층의 첫인상?"

강당을 나오자마자 들려오는 익숙한 목소리.

그들의 오랜 벗, 에타르였다.

한껏 저기압을 향해 추락하던 기분이 그의 얼굴을 보자 조금 풀리는 알프릭이다.

"좋을 리가 있냐? 이제 더는 우리가 알던 옛날의 학교가 아닌데."

알프릭의 답을 들은 에타르는 그저 고개만 천천히 끄덕였다.

그러다 셋은 서로를 한 번씩 번갈아 가며 쳐다보고 나선 피식 웃었다.

"가자, 대기실로."

에타르가 둘을 이끌었다.

어쨌든, 이변 없이 4층에서 다시 합류하게 되었으니 우리가 나서서 할 건 없고 나머진 아르키스 님에게 맡기면 된다는 뜻이 담긴 말이었다.

"너희 둘은 원래 개인으로 활동 중이었지?"

강당에 남은 쿠로와 테슬라를 향해 베인이 드디어 입을 뗐다.

하지만 쿠로와 테슬라는 조금 이상한 것을 느꼈다.

보통 층에 새롭게 도달하면 자신의 이름은 무엇이며, 이 층은 앞으로 어떤 일정을 진행하고, 제단은 몇 급, 몇 개가 있다는 식으로 기본적인 설명을 시작하는 게 순서인데.

　교수의 입에서 그것과 전혀 상관없는 주제가 나왔기 때문이다.

　"물과 어둠의 더블 캐스터 테슬라, 그리고 바람과 어둠의 더블 캐스터 쿠로. 너희 둘은 앞으로 한 팀으로 활동할 것이야."

　"……네?"

　쿠로와 테슬라는 동시에 당혹감을 보였다.

　여태껏 문제없이 개인으로 잘 활동하고 있었는데 돌연 팀으로 묶어 버리는 의도가 무엇인지, 학생인 둘은 제대로 갈피를 잡을 수가 없었다.

　"굳이…… 왜요?"

　납득할 수 없었던 쿠로가 물었다.

　"굳이 의문을 가지는 이유는 뭐지? 팀으로 활동해도 너희 둘에겐 나쁠 거 없잖아. 더블 캐스터 둘이 묶이는 건데."

　오히려 베인은 그런 쿠로를 쏘아붙였다.

　쿠로 입장에서도 교수가 이렇게 강압적으로 나오니, 뭐라 할 말이 없어지는 순간이다.

　생각해 보면 교수의 말이 하나도 틀린 게 없기 때문이다.

　하지만 그렇다고 군말 없이 따르고 싶은 마음도 들지 않았으니.

그 이유는, 지금 쿠로와 테슬라는 교수의 이름도 모르기 때문이다.

강당에 들어서자마자 2층에서 함께 올라온 교수인 알프릭과 트레샤를 내보내고, 자기소개도 생략한 채로 느닷없이 팀으로 묶은 상태니까.

이런 정황이 있기에 쿠로와 테슬라는 교수 베인이 그리 달갑게 보이지 않았다.

아무리 학생 신분이기에 학교에서 정하는 모든 것을 따라야 한다곤 하지만 점점 억지만 늘어 가는 기분이었다.

"쿠로 학생, 불만이 많아 보이네?"

베인도 그런 쿠로의 표정을 제대로 읽었다.

쿠로는 고개를 끄덕이지도, 그렇다고 '네.'라고 답하지도 않았다.

그저 입을 꾹 다문 채로 베인만 응시할 뿐이었다.

"학생은 불만을 가지면 안 되지 않나? 특혜까지 받았으면서."

"……."

특혜란 말에 쿠로의 표정은 난감하게 변했다.

동시에 옆에 있던 테슬라는 궁금증 가득한 표정으로 쿠로를 쳐다봤다.

베인의 본격적인 설명이 시작되었다.

"너희 둘을 팀으로 묶은 건 간단해. 여기는 본교 4층. 너희가 입학할 당시 수업은 4층에서부터 시작한다는 설명은 이미 들었지?"

"……4층이라뇨? 저희는 2층에 있었는데? 3층으로 가야 하는 거 아닌가요?"

"설명이나 마저 들어."

그제야 쿠로와 테슬라는 자신들이 몇 층에 있는지 깨닫게 되었다.

베인은 손가락으로 천장에 달린 샹들리에를 가리키며 말했다.

"본교의 모든 층은 생긴 게 비슷비슷해서 학생들은 모르지. 그래서 식별할 수 있는 건 바로 저 샹들리에."

쿠로와 테슬라는 천장에 있는 샹들리에를 바라봤다.

얼핏 봤을 땐 과연 이게 층을 식별할 수 있는 특별한 표시 같은 게 전혀 없어 보였다.

그저 평범하고 1층, 2층에서도 늘 봐 왔던 그런 샹들리에와 너무 똑같았기 때문이다.

"등의 개수. 그것이 지금 자신이 있는 층이 몇 층인지 알려 주는 표시다."

"……아."

설명을 듣고 나서야 비로소 보였다.

그리고 돌이켜 보니, 1층에선 확실히 등의 개수가 한 개.

2층은 두 개였던 것도 함께 떠올랐다.

지금 둘이 올려다보는 샹들리에가 가진 등의 개수는 네 개.

그러니 4층이 확실하다는 소리다.

베인은 설명을 이었다.

"자, 수업이 있는 건 4층부터라고 했는데. 쿠로 학생은 이미 배웠더군, 2층의 교수에게서? 그 덕분에 특혜도 받았잖나?"

"……설마, 그 수업이 둠 리포졸입니까?"

베인은 대답은 생략하고 귀찮은 듯이 고개만 끄덕였다.

"지속 시간은 합격 기준점에 못 미치지만 형체는 어쨌든 완벽하게 구현하고 있다고 전달받았는데, 사실인가?"

이제 베인과 쿠로만의 대화로 변했다.

"내게 한번 보여 봐."

"……."

베인의 지시에 쿠로는 잠시 머뭇거리다가 마지못해 둠 리포졸의 구현을 시작했다.

거대한 어둠 원소 구체를 만들고 손으로 직접 형체를 만드는 둠 리포졸의 과정.

그런 과정을 테슬라는 의아하게 쳐다볼 뿐이었다.

'왜 쿠로한테 그런 특혜를?'

역시나 의도를 알 수 없는 특혜였다.

이윽고 쿠로는 둠 리포졸 성형을 마치고 마나를 주입시켜 작동까지 완료했다.

회색의 바람 원소와 검정색의 어둠 원소가 정확히 반반 비율로 들어간 둠 리포졸.

테슬라가 보기에 아르텔의 둠 리포졸과는 어딘가 분위기가 달랐다.

활활 타오르는 아르텔의 둠 리포졸이 위엄 있고 거대한 장벽으로 보인다면, 쿠로가 만든 둠 리포졸은 장난감에 지나지 않다는 기분을 지울 수가 없었기 때문이다.

어디까지나, 아르텔의 둠 리포졸을 먼저 보고 나서 쿠로의 둠 리포졸을 봤기에 그런 것인지.

아니면 정말로 쿠로의 둠 리포졸이 형편없는 것인지.

테슬라는 정확히 알지 못했다.

왜냐, 아직 그는 둠 리포졸을 구현할 수 있는 상태가 아니기에 그 마법이 얼마나 어려운지 공감할 수도 없는 상태였으니까.

"흐음, 뭐. 그저 그렇네. 더블 캐스터가 만든 거치고는 평범해."

베인의 총평이었다.

"거둬, 이제."

쿠로가 자신의 둠 리포졸을 거두고 나서야 이제 앞으로 둘이 어떻게 활동해야 하는지, 베인은 알리기 시작했다.

"보다시피 쿠로는 둠 리포졸 사용이 가능한 상태다. 그래서 수업에 들어올 필요가 없지. 수업에 들어온다고 지속 시간이 저절로 늘어나는 건 아니니까."

지속 시간을 늘리는 건 순전히 학생 개인이 해결해야 할 과제다.

그런 과제까지 수업에선 알려 주지 않는다는 뜻이다.

"하지만 그렇다고 놀게 할 순 없잖아? 게다가 2층에서 전례 없는 특혜까지 받은 학생이니까."

유독 전례를 강조했다.

"……."

"그래서 너희 둘은 한 팀으로 활동하고, 테슬라는 수업을 받는다. 그리고 여기에서 가장 중요한 것."

"그게 뭔데요?"

"4층부터는 팀이자 개인이야. 즉, 너희 둘은 한 팀이지만 어느 한 명이 졸업 조건 포인트인 30포인트를 전부 채울 수 없다는 거지. 한 명이 획득할 수 있는 최대 포인트는…… 너희는 둘로 이뤄진 팀이니까 15포인트군."

"잠깐만요, 그 말씀은……?"

쿠로와 테슬라도 뒤에 이어질 베인의 말이 어떤 것인지 쉽게 짐작 가능했다.

아니, 짐작할 필요도 없을 정도로 쉬운 문제였다.

"그래. 쿠로 학생 네가 15포인트를 얻으면 나머지 15포인트는 테슬라 학생이 얻어야만 다음 층으로 향할 수 있다."

"그건 제게 너무 불공평한 거 아닌가요!"

쿠로 혼자 활동한다면 제약 없이 30포인트 전부를 얻을 수 있었다.

실제로 1층부터 그래 왔고, 앞으로도 그럴 수 있다는 자신감이 있었으니까.

그런데 돌연 4층에선 팀으로 묶이는 바람에 자유로운 행보에 제약이 걸린 순간이니, 당연히 발끈할 수밖에 없었다.

그러나 그 발끈은 베인에게 닿지 않았다.

"불공평?"

쿠로의 비수를 꽂는 그녀의 한 단어.

긴말하지도 않았는데도 무거운 위압감이 담긴 한마디였다.

"……."

순간 쿠로는 아차 싶었다.

이미 이런 상황.

2층에서도 한번 겪은 적이 있지 않던가?

다음 층으로 향하기 직전인 그때.

2층의 교수 웝이 새롭게 익힌 둠 리포졸로 제단을 닫아야만 다음 층으로 향할 수 있다는 조건을 걸었을 때.

쿠로는 똑같이 불만을 토로했다.

하지만 결국, 그는 웝이 시키는 대로 해야만 했다.

왜냐, 이미 특혜를 받아 버렸으니까.

4층의 교수가 자신을 지그시 쳐다보며 불공평이란 단어를 강조한 그 순간, 이미 쿠로는 거절할 수 없음을 깨달았다.

그리고 이 시간이 지난 후에 그는 순순히 교수의 지시를 그대로 따를 것도 이미 직감했다.

"……아닙니다."

더 말해 뭐 할까.

어차피 자신의 앞길은 이미 정해진 상태인데.

결국, 쿠로는 순응하고야 말았다.

"그래도 말은 통하는 학생이네. 마음에 들어. 자, 그럼 이제 둘은 팀으로 활동한다. 불만 없지?"

어차피 불만이 있어도 묵살되고 말 불만이다.

베인은 능청스럽게 쿠로와 테슬라의 눈을 차례로 맞추며 물었다.

둘이 아무런 반응이 없자, 베인은 불만이 없다고 받아들였다.

"4층에 온 걸 환영한다. 내 이름은 드라코 베인. 4층 담당 교수지. 그리고 동시에 너희의 수업을 진행할 교수이기도 하고."

그제야 베인은 자신을 소개했다.

이로써 쿠로와 테슬라도 아주 늦은 시점이긴 하지만, 베인의 이름을 확실히 알 수 있었다.

"그럼, 각자 배정받은 기숙사로 돌아가고. 테슬라 학생은 시간이 되면 모브로 따로 연락할 테니까 맞춰서 수업에 들어오도록."

둘의 입학식은 그렇게 끝이 나는 듯했으나.

그 순간 테슬라는 적어도 한 가지를 확실히 알고 싶은 마음에 소심하게 손을 들며 기어들어 가는 목소리로 말했다.

"저기…… 교수님."

"뭐지?"

"왜 2층에서 쿠로만 특혜를 받은 건가요?"

"……."

이것만큼은 확실하게 알고 싶었기 때문이다.

쿠로를 향한 질투, 질타?

그런 게 아니다.

쿠로와 자신은 같은 더블 캐스터인데 어째서 쿠로에게만 그런 특혜가 주어지고, 4층에선 특혜를 받은 학생과 왜 팀으로 묶이는 건지 이해할 수 없었기 때문이다.

"저도 쿠로와 같은 더블 캐스터인데……."

은근히 테슬라는 그 부분을 강조했다.

"그건 네가 알 것 없잖아? 어쨌든 지금은 쿠로나 너나 같은 층에 있으니 특혜는 의미가 없다고 보는 게 맞는 것 아닌가?"

드라코 가문은 소위 '기적의 논리'라 불리는 억지를 줄곧 사용하곤 한다.

일례로 모든 분교장들이 본교로 왔을 때, 꼭대기에서 타일런트를 마주했던 리믹 라비아와 미르네 카비르.

너무 느닷없이 분교를 폐쇄하는 게 아니냐는 말에 타일런트는 '어차피 내가 만든 건데 폐교도 내 마음 아닌가?'라는 말을 남긴 것과 일맥상통했다.

물론, 쿠로와 테슬라는 그런 드라코 가문의 성격을 알 리가 없었다.

베인은 타일런트에게 물려받은 그 특유의 억지 논리를 제대로 활용 중이었다.

　그리고 둘을 팀으로 묶는 것도 둘이 함께 있어야만 제단 활동이 활발하기에 내린 조치라는 것도 베인은 알지만, 쿠로와 테슬라는 알 턱이 없었다.

　그저 영문도 모른 채 따를 뿐이다.

　"그래도 너희 상황은 나은 거야. 아르텔 팀은 네 명이라서 1인당 7.5밖에 못 얻거든. 참고로 4층의 제단은 총 네 개. 5급 두 개, 6급 두 개다. 앞으로 잘해 보자고."

　그 대신 베인은 그다지 영양가 없는 응원을 남기고 홀연히 강당에서 나갔다.

　"뭐…… 이렇게 된 마당에. 서로 잘해 보자."

　베인이 나간 뒤의 강당.

　쿠로가 먼저 손을 내밀며 말했다.

　이미 돌이킬 수 없는 결정이 내려졌다는 것을 누구보다 잘 알기에, 순응하는 것이 테슬라보다도 빨랐다.

　게다가 2층에서 혜택을 받은 장본인이지 않던가.

　그렇기에 더더욱 표면적으로 테슬라와 앞으로 좋은 관계를 유지하겠다는 거짓된 의도를 표출했다.

"······어, 그래."

1층과 2층을 거치면서.

입학식 때 빼고는 쿠로와 별다른 교류가 없던 테슬라.

이런 적극적인 쿠로의 행동이 그저 의아하게 다가올 뿐이었다.

둘은 그렇게 악수를 마치고 테슬라가 물었다.

"그런데 무슨 특혜를 받은 거야?"

분명히 교수 베인은 2층에서 둠 리포졸을 배운 것만이 특혜가 아닌 것처럼 말했다.

'수업을 받고 나서 특혜를 받았다.'라고 말했기에 그 수업의 대가로 무언가가 있다는 뜻이 명백했다.

"그런 거 없어."

하지만 쿠로도 속 시원하게 터놓을 수도 없는 노릇.

2층의 교수 웝이 절대 어디 가서 말하지 말라는 협박을 한 적도 없지만, 본능적으로 안 거다.

이것을 말해 봐야 자신에게 돌아올 이점이 하나 없고 걸림돌만 가득하다는 것을.

실제로 봐라.

그 특혜 하나 받았다고 2층에서부터 4층에서까지 전부 불공정만 가득하지 않던가?

그렇게 쿠로는 짧은 답을 마치고 강당을 도망치듯 떠났다.

"없긴 뭐가 없어."

여전히 아무것도 모르는 테슬라는 어이도 없고 답답할 따름이다.

⚜

　다음 날이 되었다.
　4층에서 맞이하는 3일째가 되는 날인 셈이다.
　그리고 어제.
　쿠로와 테슬라가 4층으로 합류한 것도 확인했다.
　이제 남은 것은 둘이 꼭 붙어 있으니 제단이 언제 열리는지, 그것만 감시하면 된다.
　어차피 4층에 있는 네 개의 제단은 미리 찾아 뒀고 감지 마법까지 펼쳐 놓은 상태.
　굳이 자리를 잡아서 지키는 원시적인 방법을 사용하지 않아도 된다는 뜻이다.
　그리고 새로운 날이 시작하자마자 키에나와 헤이는 정해진 일과를 소화하러 떠났다.
　둠 리포졸 수업.
　오전에 둠 리포졸 수업이 끝나고, 난 일부러 둘에게 연락해 밥을 함께 먹기 위해 식당으로 오라고 했다.
　이유는 단순하다.
　난 이미 본교 입성과 동시에 둠 리포졸을 사용해서 수업의 대상자가 아니다.

그리고 믿을 만한 학생인 밴시는 더블 캐스터가 아니라는 이유로 나와 똑같이 수업 대상자가 되지 않았다.

따라서 둠 리포졸 수업을 진행하면서 베인의 입에서 어떤 말이 나오고 분위기는 어땠는지 등등 아무것도 알지 못하기 때문에 일부러 키에나와 헤이를 불러 그것을 캐내려는 생각이었다.

그렇게 약속한 시간이 되었을 때.

키에나와 헤이 옆에는 익숙한 한 학생이 보였다.

물과 어둠의 더블 캐스터 테슬라다.

"아르텔. 어차피 똑같은 수업도 듣고, 같이 끝났으니까 그냥 같이 먹자고 했어."

헤이가 변명하듯 설명했다.

'그런 거구나.'

나도 정황은 안다.

쿠로의 경우 타일런트의 실험으로 인해 2층에서 따로 웝에게 이끌려 둠 리포졸 수업을 받아, 그곳에서 둠 리포졸을 익혔다.

따라서 수업의 대상자가 아니다.

그러면 남은 것은 남은 더블 캐스터인 테슬라.

테슬라도 따로 둠 리포졸을 익힌 적이 없기에 똑같이 대상자가 되고, 타일런트의 분류 작업이 진행 중이라는 뜻이다.

"잘했어."

이들은 아무것도 모른다.

그렇기에 경계로 가득한 모습을 보일 필요도 없어, 난 나긋하고 친절한 학우의 모습으로 대했다.

그렇게 나와 키에나, 헤이, 테슬라까지.

네 명이 함께 식당으로 들어섰다.

네 명의 더블 캐스터의 동시 등장 때문이었을까.

식당에 있던 소수 학생들의 이목을 단번에 사로잡았다.

특히 본교 학생들이 우리에게 보내는 눈초리는 전부 똑같았다.

경계심.

그것 말고는 아무것도 없었다.

분교에서 더블 캐스터라 하면, 신비로운 존재이기에 일말의 존경심 같은 시선도 섞여 있었지만, 본교는 절대 그렇지 않다.

지금 같이 밥을 먹는 자신의 친구도 같은 팀이 아니라면 언젠가 밟고 올라서야 하는 야생과도 같은 곳.

그런 환경이기에 우리를 향해 보내는 노골적인 경계의 시선을 피할 수 없었다.

우리 넷은 그런 시선에 신경 쓰지 않고, 1층에서부터 하던 대로 먹고 싶은 음식을 접시에 고이 담아 자리에 앉았다.

"테슬라 너도 대단하네. 이렇게 빨리 4층으로 오고 말이야."

내가 일부러 친절하게 건넨 말이다.

"뭐, 운이 좋았지. 제단이 엄청 자주 열리잖아? 본교 역사상으로도 이런 적이 없다는데."

솔직히 저 말에는 나도 모르게 조금은 흠칫했다.

이것은 내가 자주 열리는 제단의 비밀을 알고 있는 탓이 가장 컸다.

그리고 테슬라가 내게 경계심 없이 술술 말하는 건 아무래도 1층의 일화 때문으로 보였다.

제단을 지키기 위해 설치했던 내 둠 리포졸과 아옹다옹 다툰 적이 있으니 말이다.

고작 그 일화 하나로 나를 경계하지 않는 게 말이나 되냐는 소리가 있겠지만은…….

테슬라의 태도를 보면 정답이 아니겠는가?

적어도 내가 낯선 사람은 아니니까 저런 반응이 더욱 쉽게 나오는 영향도 있을 거다.

난 슬쩍 키에나의 표정도 살폈다.

여전히 차갑고 무뚝뚝한 표정으로 일관하고 있다.

그런데 테슬라가 조금 뜬금없는 소리를 키에나에게 했다.

"어디 기분 안 좋아, 키에나?"

'……뭐지? 언제부터 둘이 그렇게 친했다고 저런 것도 물어봐?'

뭐, 친해진 거야 둘이 수업을 함께 들었으니 그렇다고 치자.

그런데 내가 더욱 집중한 부분은 테슬라의 질문을 헤아리자면, 수업 당시엔 키에나의 표정이 저렇지 않았다는 뜻이었다.

나도 모르게 테슬라의 말에 이끌리듯, 키에나를 부담스럽게 쳐다봤다.

그러자 헤이가 거들었다.

"그러고 보니 그러네? 키에나, 수업에서 별일도 없었는데 왜 그래? 갑자기 표정이 확 굳어선."

헤이까지 저런 반응이라니.

헤이가 키에나의 이상 증세를 늦게 알아차린 것은 늘 옆에 붙어 있고, 함께 다니니 그다지 눈여겨보지 않았다는 뜻이 된다.

완벽한 비유는 아니지만, 익숙함에 취해 특별함을 잠시 잊은 것과 비슷한 상황으로 보였다.

"아무것도 아니야."

키에나가 답했다.

그러나 그녀는 나를 부담스럽게 쳐다보며 말했다.

여기에서 난 확실히 느낄 수 있었다.

'나랑 있으면 그런 모습인 거구나?'

그렇지 않아도 에드 분교 3클래스부터 키에나는 이상하다고 나 스스로도 생각하던 중이었다.

어쩌면 사일러드와 가장 깊은 연관이 있는 학생이라는 생각이 들 정도였으니까.

실제로 사일러드와 똑같은 소환과 어둠 원소의 더블 캐스터.

그 모습을 보고 난 뒤에야 난 키에나를 더더욱 수상하게 쳐다봤다.

그런데 키에나도 그것과 비슷하게, 나와 함께 있을 땐 저런 차가운 모습이 된다는 것이었다.

'이러면 확정해도 될 정도잖아?'

에드 분교 3클래스에서 키에나와 헤이가 잠꼬대로 중얼거렸던 그 말.

조각이 모이는 곳.

그리고 선보였던 더블 캐스터의 자질.

에드 분교에서 키에나가 라이칸이란 신물을 익혔을 때도.

라이칸은 자신의 주인인 키에나에게 이렇게 말했다고 했다.

내가 위험한 존재라고.

다 이유가 있던 것이다.

'그래, 확정은 확정이고 이제 실체를 알아야 하니 어떻게든 키에나를 데리고 꼭대기로 가 보자.'

조각이 모이는 곳.

난 그곳이 꼭대기라고 생각하는 중이니까 키에나를 데리고 꼭대기로 향하면, 그 실체를 알 수 있지 않겠는가.

이제 키에나에게 시선을 떼고, 평범한 주제로 애써 넘어갔다.

그러던 중, 테슬라가 예상치 못한 질문을 건넸다.

"참, 너희는 네 명이라서 개인당 최대 7.5포인트밖에 못 얻는다며?"

"그건 어디에서 들었어?"

"어제. 강당에서 교수님이 알려 주던데."

참 쓸데없이 부지런한 베인 교수다.

"어, 들은 대로야. 4층부턴 갑자기 기준이 바뀌었더라고."

"어쩌면 우리가 더 빨리 올라갈 수도 있겠네?"

은근히 뽐내며 한 말이다.

그런데 귀에 거슬리는 단어 하나가 있었으니.

"우리?"

"아, 아르텔 너는 모르는구나."

이번엔 헤이가 말했다.

그는 내가 모르는 무언가를 알고 있는 듯했다.

"테슬라랑 쿠로가 팀이 되었대. 그래서 4층부턴 둘이 팀으로 활동한다던데? 그래서 얘네는 두 명이라 1인당 얻을 수 있는 포인트가 15. 확실히 우리보단 나은 상황 아니야?"

"……."

4층부터는 팀이자 개인으로 활동해야 하는 제약이 생겼다.

그로 인해 나 혼자 모든 제단을 닫아도 내게 할당된 7.5포인트가 넘으면 무용지물인 상태다.

그런 조건을 개인으로 활동하던 쿠로와 테슬라까지 똑같이 적용하도록 만든 것이었다.

왜 그런지 아는 나는 저도 모르게 피식 웃었다.

"……왜 웃어?"

자신을 비꼬는 것처럼 보였는지, 테슬라가 약간 상한 기분으로 물었다.

"아, 아니야."

'그래, 그렇구나. 쿠로와 테슬라가 함께 있어야 제단이 열리니까 묶어 두기 위한 조치였구나.'

2층에서 쿠로에게 감시 마법을 붙인 게 정말 다행이다.

아마 그때 쿠로에게 감시 마법을 붙이지 않았더라면.

난 지금 이 상황을 알게 되었을 때 머리가 터지도록 고민하고, 생각했어야 하니까.

적어도 정황을 전부 알고 있다 보니 그다지 머리 아프게 다가오지 않았다.

오히려 나에게 있어서는 좋은 상황이다.

나도 쿠로와 테슬라가 같이 붙어 있어야 이득을 볼 수 있는 포지션이니까.

'뭐, 이이제이(以夷制夷)와 비슷한 상황이려나? 타일런트.'

한 세력을 이용하여 다른 세력을 제어하는 상황.

이이제이와 완벽히 일치하는 상황은 아니지만, 적어도 타일런트가 스스로의 이득을 위해 쿠로와 테슬라라는 세력을 제어하는 중인데.

도리어 그 이점이 자신에게만 국한된 게 아닌, 아무 상관도 없는 내게도 적용되니까 비슷하다고 생각했다.

'그래도 나쁘지 않아. 나도 쿠로와 테슬라가 함께 있어야 하니까.'

적어도 꼭대기 직전인 6층까지 올라가는 조건.

제단을 닫고 포인트를 얻는 것.

그 계획에서 쿠로와 테슬라가 없으면 아무리 전생의 대마법사였던 나라고 하더라도 실현할 수 없는 계획이니까.

꼭 제약만 있는 건 아니었다.

그렇게 난 접시에 아직도 음식이 남았는데도, 자리에서 일어났다.

"나 먼저 갈게. 속이 별로 안 좋네."

적당한 핑계를 대면서.

'자, 이제 어떻게 흘러가는 중인지 대충 감 잡았으니까……'

기숙사로 돌아가는 복도를 거닐면서 곱씹은 생각이다.

오전 내내 제단은 열리지 않았다.

쿠로와 테슬라가 붙어 있는데도 열리지 않은 이유.

난 알 것만 같았다.

바로 제단을 여는 장본인인, 꼭대기에 갇힌 사일러드가 휴식 시간을 갖는 중이기에 그런 것이다.

사일러드가 방출하는 마력에 비례하여 밑의 층에 깔린 제단이 열린다.

사일러드가 강한 마력을 방출할수록, 열리는 제단의 급수도 높아진다는 뜻이다.

게다가 4급부터 있는 4층의 제단.

1층, 2층 때와는 상대적으로 많은 마력을 넣어야 하니 제아무리 사일러드라 해도 휴식 시간은 필요하다.

이미 꼭대기에 갇힌 시간이 300년이 훌쩍 넘으면서 심신도 상당히 쇠약한 상태.

1층에서 첫 제단의 몬스터를 마주했을 때, 난 그 신호를 완전히 알아차리지 않았던가?

흉측한 모습이었던 몬스터.

그만큼 사일러드의 상태가 상당히 쇠약해졌기에 그런 모습으로 나타난 거다.

'그렇다면 여유는 조금 있다는 뜻이니까.'

어느 기숙사 앞에 섰다.

바로 밴시가 사용하는 기숙사다.

'지금쯤이면 적절하지 않으려나?'

이건 내가 타일런트에게 보내는 거대한 엿쯤이 되겠다.

똑똑.

조심스럽게 밴시의 기숙사 문을 두드리자, 문은 곧장 반응했다.

손가락이 겨우 들어갈 정도로 열린 문틈.

그 속엔 밴시가 경계 가득한 표정으로 시선을 빼꼼 내보냈다.

내 모습을 확인하고 나서야 안도한 표정으로 문을 활짝 열었다.

일단 난 말을 아낀 채로 밴시의 기숙사 안으로 들어갔다.

그러고 나서 밴시는 문단속을 철저히 하며 문을 닫았다.

"네 기숙사에 감지 마법을 걸어 놓지 않았어? 나인 줄 금방 알았을 거잖아. 그런데 왜 그렇게 경계심으로 가득해?"

난 유독 필요 이상으로 경계하던 밴시가 의아해서 물었다.

"……."

그렇게 특별한 질문이 아닌데도 그녀는 표정이 금세 시무룩하게 변했다.

"왜 그래?"

"아, 몰라요."

"……?"

이게 무슨 기념일을 잊어 새침한 여자 친구 포지션이라도 된 건가.

뭔가 토라진 목소리다.

"미쳤니?"

정신 바짝 차려야 할 전장인 본교인데 왜 저런 안일한 모습을 보이는지 몰랐다.

밴시의 정신을 번쩍 들게 하기 위해 한껏 정색하며 제법 위협적으로 말하자, 밴시는 그제야 가출했던 정신이 귀가했다.

"무슨 심정 변화가 찾아왔나, 집중이 되지 않더라고요. 그래서 감지 마법도 제 기능을 발휘하지 못해서 잠깐 해제한 상태였어요."

심정 변화라.

그 말은 멘탈이 마법을 구현하는 데 지장을 줄 정도로 흔들릴 일이 있었다는 뜻이다.

그럴 일이 뭐가 있을까?

고작 며칠 사이에 말이다.

"고민이라도 있나?"

"고민은 아니고…… 걱정?"

중요한 일을 앞둔 순간인데, 고민 때문에 감지 마법 하나 제대로 유지하지 못하다니.

물론 나에게는 아주 간단한 마법이지만, 상대적으로 나보다 서클이 한참이나 낮은 밴시에게는 그렇지 않을 것이다.

"뭔데?"

"이거 때문이죠, 뭐. 아무리 해도 진전이 없으니 슬슬 지치네요."

밴시는 플레우드를 제외한 모든 원소 구체를 갑자기 펼쳤다.

"아, 그거."

유나이티드를 여전히 혼자서 열심히 연습 중이었다.

그러나 그녀의 말대로 진전이라곤 눈에 보이지도 않으니, 나름 멘탈에 심대한 타격을 입고 무기력증이 찾아온 것으로 보였다.

본래 어떠한 일을 진행할 때 계속해서 삐끗거리고 성과란 게 눈에 보이지도 않다면 사람은 심리적으로 수축하기 마련이다.

밴시도 그 여파로 인해서 그간 아무렇지도 않게 해 왔던 것들을 제대로 할 수 없을 정도로 지쳤다는 뜻이 되겠다.

"그렇게 신경 쓰면 도움 될 거 하나 없어. 되던 것도 안 되잖아. 마음 편하게 먹어야 한다니까."

마법사는 정신이 온전해야 마법 구현에도 제약이 없다.

마법사는 주로 남다른 정신력을 가진 부류라고 아주 예전에 말한 적이 있지만…….

사실, 다 그런 건 아니다.

서클이 높은 마법사 중에선 그런 마법사가 거의 없다고 봐도 무방하지만 상대적으로 중간 서클, 정확한 기준을 제시하자면 5, 6서클 마법사 중에 정신력이 약한 마법사들이 은근히 많이 포진되어 있기도 하다.

정신력이 약하면 어떤 일이 발생하느냐?

마법사가 미쳐 버려 하루아침에 마법을 구현하는 방법을 잊어버리고, 폐인이 되는 것이다.

그렇다고 이제 더는 마법사라고 볼 수 없는 것이냐?

그건 아니다.

정확히 말하면 마법을 구현할 수 있는 마법사인 것은 맞다.

'이론적'으로는.

그러나 내가 링킹으로 연결해 마법을 구현하는 방법이 기억을 가려 버리는 식인 것처럼, 자각하지 못하는 것이다.

그것도 기억을 잃은 마법사 중 한 부류라고 보면 되겠다.

'그러고 보니…… 내가 아는 마법사 중에서도 유독 정신력이 심하게 약해서 나중엔 마법사인데도 마법사가 아닌 사람이 있었지.'

아주 옛날에.

내가 대마법사가 되기 전이자 스승님의 제자가 되어 마법을 배울 때 들은 얘기다.

스승님이 평범한 6서클 마법사였던 시절이라고 했다.

카락스라는 가문이 있었다.

그들이 다루는 원소는 빛.

당시의 빛 원소 대표 가문이었다고 한다.

그런데 가주에겐 불치병과 같은 고질적인 문제가 하나 있었는데.

8서클임에도 정신력의 수준을 놓고 비교하자면 5서클 마법사보다도 못한, 그런 돌연변이와 같은 마법사였다고 한다.

본래 좋은 것만 나눠도 모자란데 꼭 세상은 그리 유순한 법이 없다고 했던가.

그런 가주의 유독 약한 정신력이 하필이면 그 가문 마법사들에게 전부 유전이 되어 버린 것이다.

가랑비에 옷 젖고, 빗물이 바위를 때려 쪼갠다는 말이 있듯이.

그들의 유독 약한 정신력은 세월이 흐르면서도 강해지는 법을 모르고 그 반대로 한없이 약해지는 법만 터득한 듯이 가주의 자식들은 유독 정신이상 증세가 심했다.

그렇게 겹치고 겹쳐, 결국 카락스 가문 마법사 전체가 미쳐 버렸고, 최후에는 그들이 구현한 원소 속에 스스로 몸을 밀어 넣는 그런 끔찍한 비극을 맞이했다.

마법에 미쳐 버려 스스로 마법에 먹힌 꼴이 된 것이다.

결국, 카락스 가문은 자멸하여 사라지게 되었고 스스로 마법에 먹히지 않고 살아남은 나머지 마법사는 뿔뿔이 흩어져 가문 없이 평민 마법사로 전락했다.

그러다가 나중엔 아예 그들이 다뤘던 빛 원소도 구현할 수 없는 상태가 되고야 말았다.

　평민과 별반 다를 게 없는 상태가 되어 버린 것이다.

　시간은 다시 흐르고 흘러.

　어느덧 마지막으로 남은 카락스의 마법사.

　나이가 꽤나 지긋한 할머니였는데. 적어도 난 그녀의 마지막 행보는 정확히 알고 있다.

　'이름이…… 퀼트였지.'

　한때 가문의 마법사였음에도 가문이 가진 특유의 약점 때문에 평민으로 전락한 마법사.

　때마침 당시 대검사였던 가렌트와 교류의 조짐이 보여 그녀를 검사 사회로 보냈으니까.

　난 이제 밴시에게 집중하며 입을 열었다.

　"내가 한 가지 경고……? 비슷한 걸 하자면."

　그런 일화를 직접 겪은 나이기에 지금 밴시가 헤매는 것을 가만히 놔둘 수 없었다.

　그리고 이제 더블 캐스터로 둔갑하여 활동해야 하는, 상당히 중요한 역할을 맡아 버렸으니 어떻게든 회복시켜야 했기 때문이다.

　"경고요……?"

　하지만 위로라는 따뜻함과는 분위기가 완전히 상반된 단어가 나오자 밴시는 조금 겁에 질린 모습이다.

　"너 그거 극복 못 하면 원소까지 잃을 거야. 실제로 그런 사례 있어."

이런 상황에서 따뜻한 위로를 남기는 게 그녀를 회복시키는 것에 있어서 훨씬 도움이 된다는 것.

나도 잘 안다.

하지만 이것은 밴시를 궁지로 몰아넣기 위해서 한 말이 아니다.

이것을 시작으로 중간에 어떤 교두보가 들어가고, 끝은 어떻게 매듭짓는지.

그게 가장 중요한 것 아닌가?

지금 내가 굳이 이 말을 먼저 꺼낸 이유는 최악의 경우 너더는 마법사라는 신분을 유지할 수 없다는 경각심을 알려 주기 위함이었다.

"······원소를 잃는다뇨?"

난 짤막하게나마 내가 알던 과거의 빛 원소 대표 가문, 카락스의 일화를 알려 주었다.

"······그런 건 처음 듣네요. 저희 가주님도 몰랐던 것 같은데."

"당연하지. 정말 이례적인 일이니까. 중급인 5, 6서클 정도의 마법사들이 정신력이 약해서 무기력한 건 흔한 일이지만, 카락스 가문의 일화는 그렇지 않거든."

"아······."

밴시는 활짝 펼친 자신의 손바닥을 근심 가득한 표정으로 내려다봤다.

심리적으로, 자신이 언젠간 그렇게 되지 않을까?

이런 두려움에 빠진 모양이다.

'이 정도라니. 그렇게 받아들이라고 한 말이 아니었는데.'

그저 경각심을 일깨워 주기 위함이었는데…….

아무래도 이건 내가 경솔했다.

정말 얼마나 지치고 힘들었으면, 이런 말에 경각심을 가질 생각도 못 하고 자신의 앞날이 그리될 것이라고 받아들일까?

더군다나 250년간 에타르에게 복수하기 위해 홀로 은거해, 마법을 수련하며 묵묵히 6서클까지 혼자만의 힘으로 달성한 마법사다.

그 정도로 의지며 정신력 전부가 뛰어난 마법사인데 저런 약한 모습을 보이니 나로서도 걱정이 되는 건 당연하다.

채찍 한 번 휘둘렀으니, 이제 당근 하나 던져 줄 차례가 다가왔다.

"그런데 넌 그렇게 안 될 거야. 아니, 되고 싶어도 못 될걸."

"……갑자기 그게 무슨 말씀이세요?"

"네 아버지가 누군데?"

"……?"

"내가 잘 아는 녀석이잖아. 에밋 바이스. 바이스는 정신력이 끝내주진 않았지만 끈질겼어. 어떻게든 알고 싶은 건 알아내야 했고, 달성해야 하는 건 달성해야만 직성이 풀렸지. 마법 말고 다른 방면으로도."

그것이 에밋 가문이 약학의 대가로 거듭날 수 있었던 이유다.

마법의 경우에야 자신들이 가진 한계가 명확하여 노력해도 되지 않는다는 걸 일찍 깨친, 나름 현실에 곧잘 수긍하는 합리적인 마법사다.

"그건 가주님이잖아요. 제가 아니에요."

"가주이기 이전에 네 아버지잖아. 너도 그런 끈질김을 물려받았고."

"저도 모르는 걸 어떻게 아르키스 님이 단언하세요……?"

밴시는 시비를 거는 질문이 아닌, 정말 순수하게 궁금해서 묻는 말투였다.

"왜 모르냐? 혼자 250년이나 은거하면서 수련해 6서클로 만든 것만 봐도 네가 결코 정신력이 나약한 마법사가 아니라는 뜻인데."

"……."

생각이 깊어진 표정이다.

그녀도 그런 사실을 잠시 잊고 있었던 모양이다.

무리도 아니다. 애초에 사람은 망각의 동물이니까.

지나온 과거를 자각하지 않으면 자연스레 잊고, 링킹의 효과를 받은 것처럼 기억에서 잠시 가려지는 현상이 종종 일어나곤 하니까.

"지금은 잠깐 스치는 소나기일 뿐이야. 그 소나기를 굳이 다 맞아서 몸을 젖게 할 필요가 있어?"

"무슨 말씀이신지……."

"거센 소나기가 내리면 우산을 쓰면 그만이다. 바지 밑단이 젖는 게 싫다면 우비와 장화를 착용하면 그만이고. 그런데 넌 지금 우산이건 우비와 장화건, 아무것도 쓰지 않은 상태잖아. 굳이 다 맞으려고 하는 중이고."

여전히 생각이 많은 표정이긴 하지만, 적어도 확실히 달라졌다.

차분함을 분명하게 식별할 수 있는 표정이다.

"그러니까 굳이 다 젖어서 감기에나 들지 말라는 뜻. 일단 우산부터 쓰란 말이지."

"묘하게……."

그녀는 이제 골똘한 표정을 짓고 말했다.

"힘이…… 되는 것 같네요? 깊게 파고들면 되게 억지 같은 말인데."

말은 저렇게 하지만, 확실히 회복된 것은 보였다.

이 상황에서 내게 저런 장난을 치는 것만 봐도 알 수 있지 않은가.

이제 밴시의 회복 조짐이 보이니 쉴 시간은 주지 않는다.

바로 본론으로 넘어갈 차례였다.

난 밴시를 집중시키기 위해 '짝!' 소리를 내며 손뼉을 쳤다.

"자. 얘기가 조금 샜는데. 내가 갑자기 찾아온 이유, 안 궁금해?"

"아! 네! 무슨 일 있으신가요?"

확실히 밴시도 문제없이 내게 집중하는 걸 보니 걱정은 잠시 미뤄 둬도 괜찮다고 판단했다.

"그거, 시작하자."

"그……거?"

"잊었어? 내가 그제 말한 것 같은데."

"그제라면…… 아! 혹시 더블 캐스터 행세 말씀하시는 겁니까?"

난 천천히 고개만 끄덕였다.

"그런데 벌써요?"

밴시는 아무래도 시기를 조금 뒤로 생각한 모양이다.

하지만 나는 지금이 적기라고 생각한다.

"응, 벌써. 지금이 딱 좋아. 할 수 있지?"

내 질문에 아주 잠깐 생각하는 그녀.

생각이 끝난 뒤엔 표정이 밝아지더니 옅은 미소를 보이며 힘차게 답했다.

"재미있겠네요!"

머리 좀 아플 게다

"자, 둔갑하기 전에 수준 한번 보자."

일을 본격적으로 시작하기에 앞서 밴시의 역량을 내 눈으로 제대로 확인하고 싶었다.

이미 에드 분교에서 그녀의 역량은 본 적이 있었다.

그러나 여기는 본교이지 않은가?

게다가 이번에 밴시가 선택한 원소는 빛 원소와 불 원소.

불 원소의 경우에야 계속 사용했던 원소니 큰 문제는 없을 거다.

내가 가장 걸리는 건 빛 원소다.

상대적으로 사용 빈도가 낮았던 원소기에 아무리 플레우드라 하더라도 그 위력이 균등하지 않을 수 있기 때문이다.

사실상 플레우드는 다루는 일곱 가지 원소 전부가 균등해야 하지만, 냉정히 말하면 에밋 가문이라는 플레우드는 나와 달리 불안정한 플레우드가 아닌가?

확인 절차는 꼭 필요했다.

"수준요? 어떤 수준?"

"빛 원소. 어디까지 끌어올 수 있는지."

"아, 그런 거구나."

밴시는 긴말하지 않고 곧장 빛 원소 구체를 구현했다.

가장 기본 단계인 1서클 단계다.

그렇게 수준을 단계적으로 차츰차츰 올리며 밴시의 빛 원소 마법은 점점 더 강력해졌다.

1서클로 시작한 그녀의 빛 원소.

2서클, 3서클을 지나 어느덧 6서클이 되었을 때다.

위력은 딱 생각한 수준이다.

특출 나지도, 그렇다고 뒤떨어지지도 않는.

평균적인 수준이라고 볼 수 있다.

밴시가 단일 원소사라면 큰 단점이겠지만, 그래도 모든 원소를 다루는 플레우드니까 그런 단점을 상쇄시킬 수 있으니 당장의 문제는 아니다.

이제 다음 7서클을 구현할 차례가 다가왔다.

은근한 기대와 함께 그녀의 다음 마법을 기다렸지만…….

"으음…… 좀처럼 안 되네요."

그녀가 구현한 빛 원소는 형체를 잃고 사라졌다.

역시, 6서클이 한계인 에밋 가문의 고질병을 아직 이기지 못한 상태다.

"그 정도면 충분할 것 같아. 애썼어."

어차피 이제 더블 캐스터로 둔갑할 그녀다.

단일 원소만으로 본교 학생들과 경쟁하기엔 서클은 조금 부족할지라도, 빛과 불을 동시에 사용할 예정이니 충분히 경쟁력은 있다.

"그럼 이제 교수에게 갈까요?"

밴시는 그 질문을 남기면서 자신의 머리카락을 흰색과 빨간색으로 조화를 이루었다.

정확히 반반 비율.

게다가 눈동자까지도 한쪽은 흰색, 나머지는 빨간색이다.

"쓰읍. 원래대로 안 바꿔 놔?"

하지만 난 그 모습을 보자마자 기겁했다.

"……왜요? 이제 더블 캐스터잖아요?"

밴시는 뭐가 문제인지 모르는 듯했다.

"더블 캐스터가 된 건 오늘이지. 그런데 갑자기 숙련도까지 전부 오르면 이상하게 생각하겠냐, 안 하겠냐?"

"아……."

그 말대로다.

더블 캐스터가 된 것은 공식적으로는 오늘부터.

그런데 색깔까지 완벽하게 당일 전부 바꾸는 것은 확실히 무리가 있어 보였다.

이것도 차근차근 단계를 밟아야 하는 법이다.

밴시는 본래 플레우드지만, 단일 원소사로 둔갑한 상태니 한 가지 색만 유지하면 됐다.

그래서 더블 캐스터 둔갑은 이번이 처음이고, 그런 디테일을 염두에 두고 있지 않았던 것뿐이다.

밴시는 곧장 색을 원래대로 바꿨다.

"머리카락만 조금 색을 바꿔, 새치로 보일 정도로."

"넵!"

상황을 모르는 누군가가 보면 스트레스를 하도 많이 받아 새치가 생긴 것처럼 바뀐 밴시의 머리카락.

준비는 끝났다.

"이제 교수에게 가면 되겠죠?"

"아니, 교수에게 직접 가서 '제가 더블 캐스터가 되었어요!'라고 정직하게 말할 필요는 없어."

"그럼 어떻게 알려요?"

"보다 더 확실한 방법이 따로 있지."

이럴 땐 제삼자의 입을 빌리는 게 효과가 제대로 나온다.

"나가자. 본교 학생들 좀 이용해 보자고."

그렇게 난 밴시를 데리고 기숙사에서 나갔다.

한창 대기실에서 무료한 시간을 보내던 후임 교수 세 명.

라무스 트레샤, 루스 알프릭, 에드 에타르다.

트레샤는 무료함을 달래기 위해 자신의 대지 원소로 작은 장난감을 만들어 정말 말 그대로 의미 없는 시간을 보내는 중이었고.

알프릭은 가만히 앉아 천장에 달린 샹들리에만 멍하니 쳐다보고 있었다.

그러던 중, 에타르가 휠체어를 끌고 대기실 밖을 나가려는 움직임을 보였다.

"어디 가, 에타르?"

곧장 반응한 것은 트레샤다.

"잠깐 점검할 게 있어서."

"……점검? 꼭 학교 시설물을 점검하는 것처럼 말하는데."

"뭐, 비슷해."

"우리보고 시설물 점검도 하래?"

"그런 건 아니야."

에타르는 그 답을 끝으로 대기실 문을 열었다.

"나도 같이 가자. 심심한데 잘됐네."

무료함에서 벗어날 무언가가 절실히 필요했던 트레샤.

그가 침대에서 일어나 에타르의 뒤를 따르려고 했지만, 에타르는 말렸다.

"아니야. 넌 여기에 있어. 나 혼자 조용히 움직이고 싶어."

"……왜?"

"중요한 일이라서 그래. 지금은 나 혼자만 알아야 할 정도로 중요한 일."

에타르는 트레샤와 눈을 지그시 맞추며 답했다.

필시 거대한 목표와 이유가 서린 눈빛이었다.

그걸 모를 리가 없는 트레샤는 곧장 순응했다.

"그래, 잘 다녀와."

"그런데 그렇게 돌아다녀도 될까? 교수가 가만히 있겠어?"

알프릭이 한 말이다.

"4층부턴 수업이 있잖아. 보니까 수업을 교수가 직접 담당하더라고. 그 시간을 이용하면 문제없을 것 같아."

"이런 건 2층에 있었을 때에 비하면 확실히 편하군."

2층에선 공식적인 수업도 없어서 웝과 늘 귀찮은 마찰을 일으켜야만 했다.

하지만 4층은 수업이 존재하기에, 귀찮은 마찰이 상대적으로 줄어들어 그나마 유일하게 마음에 들었다.

"그럼, 갔다 올게."

에타르는 그렇게 대기실에서 나왔다.

그리고 주위를 유심히 살피면서 학생들을 피해 다니기 시작했다.

에타르도 아르텔과 마찬가지로 이 학교 시설물은 전부 머리에 저장되어 있는 인물.

길을 알려 주는 모브가 없어도 기억대로 움직이면, 찾는 곳이 그대로 나왔다.

그렇게 에타르가 찾은 곳은 도서관이었다.

정직하게 도서관 입구로 들어가지 않았다.

왜냐, 도서관엔 분명히 학생들이 소수나마 있을 것이니까.

지금 에타르의 목표는 자신의 모습을 학생들에게 보여 주지 않으면서 4층 시설물을 점검하는 것이다.

에타르는 어느 벽 앞에 멈춰 섰다.

그 벽을 넘으면 나오는 곳이 바로 4층의 도서관이다.

"분명히…… 이쯤이었을 텐데."

손으로 벽을 더듬거리면서 무언가를 찾기 시작한 에타르.

그리고 손에 익숙한 무언가가 만져졌다.

"찾았다."

벽에는 성냥이 겨우 들어갈 정도로 작은 구멍 하나가 존재했다.

에타르가 그 구멍 속에 불 원소 마법을 주입하자, 작은 구멍에 지나지 않았던 것은 순식간에 화구(火口)로 변해 불줄기를 뱉어 댔다.

불줄기는 에타르의 몸을 감쌌고, 에타르의 몸 또한 불줄기로 서서히 변했다.

그 과정은 길지 않게 끝났고, 에타르의 몸은 완전히 구멍 속으로 빨려 들어갔다.

에타르가 타고 있던 휠체어까지 완벽히 복도에서 모습을 감췄다.

❦

"착실히…… 준비했구나."

에타르는 의문의 장소에 도착했다.

이것은 제삼자가 보기에 의문의 장소이지, 에타르는 그렇지 않았다.

아니 의문스럽지는 않지만, 낯선 곳이라고 해야 할까?

적어도 이 장소의 존재는 알고 있었지만, 이렇게 오는 건 이번이 처음이기 때문이다.

구멍 속으로 빨려 들어간 장소는 1평도 채 되지 않는 밀폐된 공간.

천장엔 샹들리에도 없다.

있는 것이라곤 바닥에 지펴진 모닥불 하나.

장작이 없는데도 모닥불은 아주 미약하게 타오르는 중이다.

가늘고 길게란 말이 어울릴 정도로 밝지도 않은 모닥불.

마법으로 지펴 놓은 모닥불이기에 가능한 것이다.

그리고 이것은 임펠이 만들어 놓은 웨이포인트다.

에타르는 바로 이 웨이포인트를 직접 확인하기 위해 이곳으로 왔다.

임펠을 친위대장 부대장으로 집어넣은 이유.

바로 학교에 이것을 만들어 놓기 위함이었다.

임펠이 이그니토란 이름으로 둔갑하고, 드라코 가문의 마법사로 활동했을 때.

부대장이 되지 않고 교수가 되었다면 아마 이것을 보다 더 쉽게 만들 수 있었을 것이다.

하지만 교수가 되면 조각사에게 가장 위협이 되는 친위대의 동향을 알 수 없었다.

친위대는 어차피 타일런트의 호출로 인해 본교도 자주 들락날락해야 한다는 걸 안 에타르는 임펠이 친위대원이 될 수 있도록 지시했다.

그리고 그가 부대장이 되었을 때.

바로 계획을 실행에 옮겼다.

임펠이 부여받은 임무는 '본교 모든 층 도서관에 웨이포인트를 심어 놓을 것'이다.

현재 에타르가 있는 장소는 벽을 넘으면 복도가 나오고.

그 반대편은 도서관이 나온다.

즉, 도서관과 복도 사이에 있는 그 비좁은 벽에 비밀의 장소를 만들어 놓은 것이다.

본래 에타르의 계획은.

반격의 준비가 전부 끝났을 때, 이 웨이포인트를 이용해 본교에 침투하려는 것이었으니까.

4층에서야 비로소 확인할 수 있었던 것도 상황이 맞물리지 않아서다.

에타르가 본교 교수로 합류한 시기는 2층에서부터였고, 2층에선 윕의 감시가 심해 감히 밖으로 나가지도 못했다.

게다가 2층에 있었던 시간도 얼마 되지 않으니 기회를 엿볼 시간 자체가 부족했다.

하지만 4층에서는 교수 베인이 자리를 비우는 시간이 많아졌으니, 상대적으로 여유로웠던 것이다.

에타르는 웨이포인트가 문제없이 잘 작동하는지 점검했다.

바로 위태롭게 타오르는 모닥불을 포털로 전환하는 작업이다.

"문제없군."

아주 오래전에 임펠이 만들어 놓은 게 아직까지도 온전한 상태도 잘 보존되어 있다는 뜻이다.

"그렇다면…… 1층, 2층, 3층은 전부 문제없이 작동되겠지?"

이건 소망을 담은 기도다.

이미 4층으로 와 버렸기에 밑의 층으로 갈 수 없는 상황이다.

앞으로 남은 층은 단 두 개.

5층과 6층.

에타르가 직접 확인할 수 있는 웨이포인트도 그 2개가 마지막이라는 뜻이다.

지나쳐 온 층의 웨이포인트는 그저 작동이 정상적으로 되길 바라면서, 그는 포털을 닫았다.

"힘든 상황에서도 잘 해내 줬구나, 임펠."

흐뭇함과 미안함이 섞인 말이었다.

에타르는 비밀의 장소에서 나왔다.

그리고 다시 대기실로 돌아가던 중.

그는 한 학생과 마주쳤다.

"……어?"

밴시를 데리고 교실을 한껏 거닐었을 때였다.

뜬금없이 에타르가 우리의 앞길에 있었다.

"교수님?"

내가 먼저 반갑게 그를 맞이했지만, 그는 불편한 기색으로 나와 시선을 맞추지 않으려고 했다.

심지어는 내 인사를 받아 주지도 않았다.

이건 우리가 마주친 장소가 밀폐된 곳이 아닌, 사방이 탁 트인 본교의 복도이기에 저런 반응인 것 같았다.

우리가 여기에서 반갑게 대화라도 나누면 다른 학생들의 눈이나 교수의 눈에 들 수도 있으니 그것을 피하고 싶은 몸부림이리라.

내가 왜 그것을 모를까.

나도 순간 경솔했다고 생각했다.

그가 도망치려는 듯이, 휠체어를 다급하게 끌고 우리를 지나치려고 할 때.

그의 휠체어가 느닷없이 멈췄다.

에타르의 시선이 향한 사람은 다름 아닌 밴시다.

그중에서도 에타르는 밴시의 머리카락에 눈을 떼지 못했다.

그러곤 손가락으로 머리카락을 가리켰다.

왜 갑자기 밴시까지 더블 캐스터가 되어 있냐는 의문이다.

그리고 에타르는 검지로 자신의 관자놀이를 꾹꾹 누르며 가리켰다.

속 편하게 말할 수 있는 상황이 아니니, 링킹을 연결해서 정황을 알려 달라는 수신호다.

하지만 난 가볍게 무시하며 다른 말을 건넸다.

"그럼, 저희는 바빠서요. 나중에 봬요."

그렇게 밴시의 팔목을 붙잡으며 이번엔 내가 에타르와 떨어지려고 했다.

"아, 안녕히 계세요."

밴시도 얼떨결에 그런 인사를 남겼다.

에타르는 뒤로한 채로 난 학생들이 모여 있는 곳을 찾았다.

밴시가 더블 캐스터가 되었다는 것을 교수 베인에게 알리는 보다 확실한 방법.

본교 학생들을 이용하기.

그 계획의 시작이다.

우리가 도착한 곳은 도서관.

역시나 소수의 학생이 모여 있었다.

그 수는 다섯 명. 어둠 원소사 셋에 대지 원소사 둘이다.

저 다섯 명이 서로 한 팀으로 움직이는 것같이 보이지는 않았다.

이유는 어둠 원소사 셋이 한 테이블에 있고, 대지 원소사 둘은 조금 떨어진 테이블에 모여 있었기 때문이다.

다섯 명의 학생은 전부 무엇을 공부하는 중인지는 모르겠으나 마법서를 열심히 들여다보는 중이었다.

"자, 밴시, 시작하자."

"……뭘 어떻게?"

이제 도서관에 학생들의 모습이 보이자 밴시는 다시 반말로 돌아왔다.

"나한테 호응만 하면 돼."

난 본교 2층에서 선보였던 불타는 창 하나를 구현했다.

그리고 그것을 세 명의 어둠 원소사가 있는 테이블로 힘껏 던졌다.

툭!

화르륵!

내 창은 세 학생이 보던 책에 정확히 꽂혔고, 창에 맞은 책은 서서히 불타면서 점차 형체를 잃어 가기 시작했다.

"……."

내 공격을 받은 세 학생은 호들갑스러운 반응보다 생각 외로 차분했다.

불타는 책을 잠시 응시하다가 이제 시선을 올려 내 쪽을 쳐다봤다.

"뭐냐?"

누가 어둠 원소사 아니랄까 봐.

게다가 본교 4층이면 꽤 역량이 오를 대로 오를 마법사니 그 무뚝뚝함이 제대로 드러나는 학생들이었다.

세 학생은 기계처럼 한 치 오차도 없이 동시에 자리에서 벌떡 일어났다.

그리고 구현되는 세 개의 마법.

전부 어둠 원소 둠 리포졸이다.

묻지도 따지지도 않고 내가 먼저 공격했으니 철저하게 응징하겠다는 뜻으로 보였다.

그리고 본교 4층에는 이런 마찰이 자주 있었던 것으로 보였다.

왜냐? 세 학생은 당황한 기색도 없이 곧장 반격 태세로 너무 자연스럽게 전환했으니까.

게다가 대응하는 마법이 둠 리포졸.

현재 세 학생이 주력으로 사용하는 마법이란 뜻이다.

내가 4층의 제단을 찾으러 돌아다닐 땐 둠 리포졸을 찾아볼 수 없었지만, 단시간 전투에는 활용할 수 있는 수준은 된다는 뜻이다.

세 학생의 행동 하나로 많은 정보를 얻을 수 있었다.

"……갑자기 왜 그러는 거야?"

그때 옆에서 밴시가 기겁을 하며 물었다.

하기사, 내 계획을 모르는 상태로 내가 돌발 행동을 했으니 저런 반응도 무리는 아니다.

"뭐긴 뭐야. 서열 정리지. 어차피 제단도 안 열리는 지금, 나중에 경쟁해야 할 애들인데 미리 기를 꺾어 놔도 문제없잖아? 제단이 열리기 전에 찍어 누르면 우리한테 도전할 생각도 못 하겠지."

"……아, 무슨 뜻인지 알겠네."

확실히 눈치는 여전히 살아 있는 밴시다.

"자, 밴시, 네가 구현할 수 있는 모든 마법으로 서열 정리 나 같이해 보자."

이건 내가 보내는 신호다.

오늘부터 밴시는 더블 캐스터로 둔갑하니, 그 사실을 알리기 위해 저 학생들을 상대로 마법을 사용하라는 뜻이다.

밴시는 곧장 두 가지 원소를 꺼냈다.

바로 불과 빛이다.

"······더블 캐스터? 빛과 불의 더블 캐스터가 있었다고 했나?"

역시 반응이 제대로 나온다.

어둠 원소사 학생들은 전혀 예상치도 못한 상황에 당황한 게 눈에 보였다.

"아닌데. 분명히 내가 듣기로는 더블 캐스터는 다섯 명이야. 다섯 명 전부 공통적으로 어둠 원소였고."

우리가 4층으로 합류한 건 3일 전.

그리고 쿠로와 테슬라까지 추가된 건 이틀 전이다.

이미 학생들 사이에서 더블 캐스터가 몇 명인지 퍼지기엔 충분한 시간이었다.

그런데 자신들이 알고 있는 정보와 다르니 어떻게 받아들이고, 행동해야 할지 학생들은 갈피를 잡지 못했다.

아무리 역량이 오를 대로 오른 마법사라고 할지라도.

이런 돌발 행동에 대처하는 방법은 유순할 수가 없었다.

난 이번에도 새로운 불타는 창을 하나 구현하고 손으로 찢어 거미줄처럼 늘어트렸다.

그리고 도서관 전체를 휘감을 수 있을 정도의 크기를 만든 다음, 세 학생이 구현한 둠 리포졸을 단단히 묶었다.

"나머진 밴시 너의 몫."

학생들의 주력인 둠 리포졸은 내가 담당한다.

그러니 본체인 학생들을 밴시 네가 처리하라는 신호다.

"편하네."

밴시는 표정이 확 바뀌었다.

상당히 들뜬 표정이다.

방금 전에 기숙사에서 보였던 그 위태로운 표정은 언제 그랬냐는 듯이 말끔하게 사라진 상태다.

그리고 내가 굳이 본교 학생들에게 시비를 거는 이유.

그건 정말 단순하다.

깊게 생각할 필요도 없을 정도로.

밴시가 더블 캐스터로의 둔갑이 확정되고 나서 직접 베인 교수를 찾아가, '제가 더블 캐스터가 되었는데요.'라고 말하면, 퍽이나 말이 통할까?

그렇지 않아도 이 시대에는 비정상적으로 더블 캐스터가 많다. 이미 나를 제외하더라도 네 명의 더블 캐스터가 더 있다.

연이은 더블 캐스터의 탄생.

슬슬 그런 비정상적인 탄생에 의문을 가질 때가 된 것이다.

의문을 가지면 입증이 어려워진다.

입증의 시간이 오래 걸리면 걸릴수록, 밴시를 둠 리포졸 수업에 넣을 수 없다.

밴시가 둠 리포졸 수업에 들어가야만 난 타일런트의 재료가 될 수가 정확히 몇인지 가늠할 수 있으니까.

지금 내가 예상하는 숫자는 나를 포함해 네 명이지만, 보다 확실한 확신이 필요했기 때문이다.

정확한 숫자를 알고 움직이는 것과 모르고 움직이는 것.

이것은 명백한 차이가 있기에 6층으로 향하기 전에 반드시 알아야만 했다.

그것을 위한 계획이니 일사천리로 해결되어야만 했다.

따라서 이럴 땐 직접 말하는 것보다 남의 말을 빌리는 게 효과가 제대로다.

그 남의 말이 바로 저 학생들.

밴시가 빛과 불 원소 둘을 이용해 학생들을 공격하고, 찍어 누른다면 소문은 학생들 사이에서 빠르게 퍼질 것이다.

그리고 그 소문은 자연스럽게 4층을 통솔하는 교수 베인에게도 들어가고, 베인은 의문을 품지 않을 것이다.

왜 갑자기 밴시까지 더블 캐스터가 되었는지는 궁금하겠지만, 다른 학생들이 더블 캐스터 밴시에게 공격받은 것은 엄연한 사실.

그렇기에 믿을 수밖에 없을 것이다.

당연히 베인의 귀에 들어가면 이 학교 꼭대기에 있는 타일런트의 귀에도 들어갈 것이니 타일런트는 이제 머리 아픈 고민을 할 일만 남았다.

1층, 2층을 거치면서 조용하게 지나는 건 끝났다.

4층부터는 폭군의 면모를 보여도 상관없다.

아니, 차라리 폭군이 되자.

눈에 보이면 일단 공격부터 하고 보는, 그런 폭군 말이다.

깽판 시작이다.

"뭉개 버려. 밴시."

"이렇게 날뛰는 게 얼마 만인지 모르겠네."

밴시는 불 원소와 빛 원소를 동시에 사용하며 둠 리포졸이 봉인당한 세 학생들에게 공격을 퍼붓기 시작했다.

그러자 힘 조절이 되지 않았는지 밴시의 머리카락 절반과 한쪽 눈은 서서히 선명한 하얀색으로 변하기 시작했다.

이건 괜찮다.

그만큼 수준 높은 마법을 사용하는 중이니 동화가 실시간으로 이루어지는 중이라고 받아들일 수 있으니까.

세 학생은 둠 리포졸을 버리고, 각자 자신 있는 마법으로 밴시와 맞서기 시작했다.

역시나 4층의 학생들답게 역시나 생각한 수준보다는 조금 높다.

그런데 난 세 학생의 마법을 보고 오히려 의아했다.

'클레어가 더 나은데⋯⋯?'

어둠 원소의 단점이라고 할 수 있는 부분 때문이다.

그것은 바로 물 원소의 빙결, 그리고 불 원소의 용암처럼 시각적이나 위력적으로나 한 단계 높은 무언가가 없다는 점이다.

아무래도 어둠 원소의 특성상 원소가 가진 성질을 극대화하는 요소가 없어서 그런 것으로 보였다.

하지만 그 점을 감안하더라도 지금 나와 밴시가 상대하고 있는 세 명의 어둠 원소사 학생들은 2층에 있는 클레어보다 이상하리만치 못했다.

'층이 2개나 차이 나는데 이럴 수가 있나?'

아무래도 이건 실력적인 면보단 운적인 요소에 따른 현상으로 보였다.

본교의 졸업 조건은 제단을 닫고 얻은 포인트로 다음 층을 향하는 것.

실력이 다른 학생에 비해 월등히 뛰어나면 경쟁에서 유리한 점이 있지만, 꼭 실력에 의존하지 않아도 되는 것이다.

실제로 제단은 한 개만 존재하는 것이 아니었고, 1층과 2층은 실로 많은 제단이 존재했다.

따라서 경쟁에서 밀릴 것 같으면 상대적으로 경쟁력이 약한 곳을 공략하면 된다.

소위 말하는 빈집털이라고 볼 수 있다.

그렇게 올라온 학생이 아주 가까운 곳에 있지 않던가?

쿠로와 테슬라.

나와 똑같은 더블 캐스터이지만, 나에 비하면 한없이 모자란 더블 캐스터.

그래서 내가 독점한 제단을 피해 상대적으로 경쟁력이 없는 제단만을 노렸고. 시기가 잘 맞아떨어져서 제단이 자주 열려 나와 고작 하루 차이로 다음 층으로 향할 수 있었다.

클레어는 단순히 운이 없던 케이스다.

어쩌면 클레어보다 역량이 훌륭한 학생이 이미 3층으로 떠난 상태에서 클레어가 새롭게 패권을 잡은 학생일지도 모르는 일이었다.

이 학생들도 그런 유형일지도 모른다.

하지만 만약 그것도 아니라면, 지금 우리가 상대하는 이 학생들이 4층의 최약체일 수도 있었다.

밴시의 연계 공격은 멈추지 않았다.

빛 원소로는 타격보단 상대의 시력을 빼앗는 위주의 마법을 펼쳤고, 그 틈에 불 원소로 공격하는 방식이다.

아주 간단하고 정석적인 마법의 활용이지만, 역시나 더블 캐스터에 대한 지식의 부재의 시대였을까.

세 학생은 생각 외로 속수무책으로 당했다.

그렇게 우리의 깽판은 오래 지나지 않아 끝이 났다.

밴시의 마법에 농락당한 세 학생은 바닥에 그대로 엎어졌다.

"후우~."

밴시는 깊은 한숨을 내쉬었다.

숨을 참을 정도로 세 학생을 상대하는 데에 집중을 유지했다는 뜻이다.

하지만 난 다른 곳으로 시선이 갔다.

바로 도서관에 있는 또 다른 학생 무리.

두 명의 대지 원소사 학생이다.

그 학생들이 슬금슬금 눈치를 보더니 도서관에서 나가려

할 때였다.

화르륵!

"어디 가? 이제 너희 차례인데."

난 도서관 입구에 불 원소 차단 마법을 걸고 학생들이 나가지 못하도록 막았다.

"……이런 방법은 그다지 옳지 않을 텐데?"

대지 원소사 학생들의 협박인지 뭔지 모르는 말투다.

"그게 무슨 상관이야? 이 시대 자체가 옳지 못한데. 도중에 나를 만나서 행운으로 알아."

"……무슨 소리야?"

학생들이 내 말을 이해할 리가 없었다.

옳지 못한 시대란 것은.

타일런트가 대마법사가 된 이 시대에서 마법사로서 점점 높은 고지에 올라도 합당한 대우를 받을 수 없으며.

지금 내 손에서 성장이 멈추는 게 현시대에서는 옳다고 생각해 한 말이다.

"이해 못 해도 괜찮아. 나중에 알게 될 거니까."

"……쉬는 시간도 없이 바로 해?"

그 와중에 밴시는 조금 지친 목소리로 말했다.

"응. 바로 해. 특훈이라고 생각하고."

"……알았어."

그래도 포기하려고 하진 않으니 기특하다.

그의 정밀 검사

"으아아아…… 생각 외로 너무 힘들었다고요! 강행군도 이런 강행군이 없어요!"

도서관에서 남은 두 학생인 대지 원소사 학생까지 제압하고, 우린 잠시 휴식을 갖기 위해 내 기숙사로 돌아왔다.

사실 휴식이란 건 어쩌면 핑계일지도 모른다.

밴시의 상태가 너무나도 좋지 않아서 피신을 왔다고 보는 게 조금 더 옳았다.

대지 원소사는 역시나 대지 원소사다.

밴시가 선택한 원소는 빛과 불.

대지 원소를 상대로 우세나 상성을 아예 가져갈 수 없는 조합이다.

그리고 대지 원소사는 사실상 플레우드를 제외한다면 가장 강한 원소라고 하지 않았던가?

 역시 본교 4층의 학생들이었다.

 둘이 구현했던 둠 리포졸.

 탭 테이킹까지 수준급으로 구사하던 학생들이기에 밴시가 상당히 고전했다.

 확실히 그 두 학생은 앞서 상대했던 세 명의 어둠 원소사 학생들보다는 수준이 높았다.

 하지만 이것은 어디까지나 원소의 차이로 보였지, 정말 차이가 심할 정도의 역량은 아니라고 판단했다.

 난 일부러 밴시를 도와주지 않았다.

 해당 학생들의 둠 리포졸만 잠깐 묶는 식으로, 필요한 것만 살짝 도와주었지 전적으로 도와주지 않았단 뜻이다.

 따라서 밴시 혼자서 학생 둘을 상대하는 형태가 되어 대지 원소사 학생들과의 대련은 꽤 오래 걸렸다.

 "앓는 소리 하기는. 그 정도는 해야지. 그게 강행군이라고 느낄 정도면 앞으로 어떡하려고?"

 "그래도 처음부터 너무 세게 나가는 거 아닙니까? 여기 분교가 아니라 본교라고요. 학생들 수준도 저랑 비슷해서 집중력이 조금 흐트러지면 바로 패배인데, 정말 큰일 날 뻔했어요!"

 바로 그 부분을 노리고 일부러 연달아 대련 아닌 대련을 벌인 게 크다.

사실 대련이라고 말하기도 그렇다.

방금 밴시가 소화한 것은 대련이 아닌 전투라고 봐야 하니까.

대련은 정해진 규칙대로 평화롭게 행하는 행위.

하지만 우리의 앞날에 대련 따위는 없다.

본교까지 들어온 마당에 그런 평화로움을 어떻게 바랄까?

남은 건 전부 전투들.

그 경험치를 차근차근 밴시에게 먹이는 중이다.

물론 밴시가 실제 전장에 나설 수 있을지 없을지는 미지수지만, 그래도 준비를 하는 것과 하지 않는 것에는 큰 차이가 있으니까.

"아무튼, 그래도 고전하긴 했지만 잘했다."

밴시의 정수리를 가볍게 톡톡 치며 말했다.

"그런데 이게 정말 효과가 있어요? 굳이 학생들한테 먼저 시비 걸어서 소문 퍼트리는 거요."

"하루만 지나 봐라. 바로 입질 올걸."

"……되게 확신하시네요?"

아무래도 밴시의 눈에는 근거 없는 확신에 찬 모습으로 보였나 보다.

"당연히 확신하지. 저 꼭대기에 있는 놈이 내가 모르는 놈이 아니니까."

"……아. 그랬죠."

타일런트라면 무조건 그렇게 움직인다.

이건 절대 벗어날 수 없는, 달콤한 유혹이니까.

"그럼 저녁 먹는 도중에 식당에서 깽판 한 번 더 치자."

"……또요? 너무 막나가는 느낌인데."

"왜? 자신 없어?"

"아니요, 그런 건 아니지만. 식사 시간이면 꽤 많은 학생들이 모일 거고, 그럼 괜히 협공당하는 거 아닌가 싶어서요."

"뭐, 그런 상황이 되면 내가 도와줄게."

밴시의 걱정도 일리가 있으니, 최소한의 보험은 필요하지 않은가.

내가 말하는 보험이란, 밴시를 안정시킬 수 있는 보험이다.

"그런 조건이라면 시도해도 나쁘지 않죠."

다른 사람도 아니고 전 대마법사가 직접 도와준다고 하니 확실히 밴시는 안정을 찾은 모습이었다.

"그럼 저녁때까지 푹 쉬어."

"알겠습니다."

"꽤 화끈한 저녁 식사가 되겠네."

"어째…… 되게 신이 나 보이시는 건 기분 탓일까요?"

"응, 기분 탓."

솔직히 말하면 기분 탓이 아닐지도?

타일런트한테 한 방 먹일 생각을 하니 나도 모르게 슬쩍 들떴나 보다.

드디어 기다리던 저녁 식사 시간이 되었다.

이번 저녁도 키에나와 헤이가 함께하는 시간이다.

나와 밴시가 위풍당당하게 식당에 들어서자, 어울리지 않은 색을 가진 학생들 다섯 명이 보였다.

바로 오후에 도서관에서 우리와 한탕 벌였던 그 학생들이다.

밴시의 공격을 받고 화상을 입은 탓에 학생들의 얼굴을 포함한 몸 여기저기는 하얀 거즈로 처치된 상태였다.

어울리지도 않은 색을 가졌다고 표현한 이유가 이거다.

돌이켜 보면 전적으로 밴시 혼자서 한 거니까 밴시가 상대한 학생들은 각각 어둠 원소와 대지 원소, 즉 검정색과 갈색이다.

그런 외형을 가진 학생들의 몸에 하얀색 거즈가 붙여져 있으니, 어울리지도 않는 색이라고 말한 것뿐이다.

식당엔 그 학생들 외에 다른 학생들도 소수 보였다.

특히 밴시에게 공격받은 다섯 학생은 밴시가 모습을 보이자마자 날카로운 눈초리를 노골적으로 보였다.

"쟤네 왜 저래?"

헤이가 물었다.

그가 수업에 들어가 있는 시간에 일어난 일들이니 알 턱이 없었다.

그리고 그렇다는 것은 밴시가 더블 캐스터라는 소문이 아직 베인에게 닿지 않았을 가능성도 시사한다.

시간이 조금 더 필요하다는 뜻이었다.

"그럴 만한 일이 조금 있었지."

난 헤이에게 정확한 설명은 생략하고 자리를 잡고 앉았다.

밴시가 접시에 담긴 음식을 포크로 찍으려는 그 순간이었다.

쩌적ㅡ!

밴시가 앉은 자리의 테이블에서 작은 돌기둥이 솟아오르더니, 테이블을 뚫으며 그 위에 있던 밴시의 접시도 천장으로 날려 버렸다.

쨍그랑ㅡ!

저 멀리 날아간 접시는 경쾌한 소리를 내며 깨졌고 위에 담겼던 음식물은 지저분하게 바닥을 나뒹굴었다.

하마터면 밴시의 얼굴이 그대로 돌기둥에 맞을 뻔한 아찔한 순간이었다.

"……."

밴시는 갑자기 솟은 돌기둥만 지그시 쳐다봤다.

'대지 원소…… . 오호, 저쪽에서 먼저 이렇게 나와 주면…… 난 좋은데?'

하지만 난 이 상황을 꽤 재미있게 받아들였다.

이러면 수고를 덜어 준 거니까.

그 즉시 자리에서 벌떡 일어나 연기를 시작했다.

"이게 뭐 하는 짓이야!"

바로 짓궂게 도발을 한 두 명의 대지 원소사 학생들을 향해 소리쳤다.

동시에 식당에 있던 모든 학생들의 이목이 우리에게로 쏠렸다.

"뭐 하는 짓……? 건방지고 뻔뻔하네. 네가 우리한테 한 짓은 생각 안 하고?"

저 학생들도 어이가 없을 거다.

내가 이렇게 적반하장으로 나갈 줄은 몰랐으니까.

상관없다.

내가 굳이 연기를 한 이유도 일부러 식당을 소란스럽게 만들고, 잡음이 밖까지 새어 나가도록 할 의도였으니까.

"밥 먹을 땐 개도 안 건드린다는 말이 있는데, 이건 너희가 심한 게 아닌가?"

"어이가 없네."

나의 억지를 시작으로, 말싸움은 점점 거세져 갔다.

그리고 난 똑같이 대지 원소사 학생들을 향해 받은 것을 그대로 돌려주었다.

다시 불타는 창 하나를 구현하고 그들이 앉은 테이블을 박살 낸 것이다.

퍼석!

테이블은 맥없이 내려앉았고, 화가 잔뜩 오른 대지 원소사 학생들도 벌떡 일어났다.

"……아르텔, 왜 그래? 갑자기."

헤이는 그간 본 적 없는 내 모습에 당황했는지, 나를 말렸고.

"시끄럽네."

키에나는 휘말리기 싫다는 듯이 자리에서 일어나 조용히 식당에서 나갔다.

난 그러면서 밴시에게 슬쩍 신호를 보냈다.

내가 이렇게 판을 다 만들어 놨으니, 너도 하나 거들라는 뜻이다.

다행히 밴시는 신호를 제대로 받았다.

"불만 있으면 밥 먹고 나서 하든가. 사내새끼들이 쪼잔하게 먹으려는 순간 공격하기는. 아, 대지 원소사라 뇌까지 돌로 차 있니? 그래서 생각도 없고 자존심도 없나?"

에드 분교에서 늘 선보였던 그 까칠함이 다시 나온 순간이다.

"더블 캐스터라고 눈에 뵈는 게 없니?"

결국, 밴시의 비꼼에 제대로 넘어온 학생들이다.

순식간에 식당엔 대지 원소 마법과 밴시의 빛과 불 원소 마법이 난사되었다.

쨍그랭―!

콰앙―!

퍼엉―!

셋의 마법의 합이 이루어지면서 식당 시설물을 훼손하기 시작했다.

점점 격돌은 거세지더니, 급기야⋯⋯.

쿠웅―!

천장에 달린 샹들리에까지 바닥에 떨어질 정도로 격렬한 싸움으로 번졌다.

난 그러면서 슬쩍 다른 학생들의 반응을 살폈다.

'본교가 철저한 경쟁 시스템이라서 다행인가?'

밴시가 걱정하던 그런 상황은 나오지 않았다.

본교는 앞에 둔 친구가 언제 적이 될지 모르는 경쟁 사회.

그렇기에 다른 학생들은 휘말리지 않는 선에서, 한 발자국 멀리 떨어져 우리의 싸움을 지켜봤다.

일종의 전력 가늠이다.

우리끼리 싸우는 수준을 직접 보고 자신에게 위협적인 상대가 될지, 아니면 무시해도 될 수준인지 판단하는 중인 것이다.

'이러면 굳이 내가 나설 일은 없겠군.'

그렇게 안도했을 때, 식당 출입구에서 익숙한 목소리가 날아들었다.

"지금 뭐 하는 짓들이야!"

화가 잔뜩 난 여성의 목소리.

그리고 동시에.

쿠우우웅―!

식당 천장까지 닿을 거대한 둠 리포졸이 식당에 소환되었다.

검은색으로 통일된 둠 리포졸이며, 주입한 마력이 얼마나 방대한지 검은 기류가 파쇄하는 둠 리포졸이다.

교수 베인이 느닷없이 식당으로 나타난 순간이었다.

그런데 참 이상하다.

분명히 본교 입학 당시 설명을 들었을 때는 우리끼리 무슨 일로 다퉈도 본교에서는 상관하지 않는다고 했었다.

그래서 '돌연 베인이 여기에 나타나서 이러는 이유가 뭘까?' 하고 유추할 때였다.

"너희들끼리 시도 때도 없이 다투는 건 상관하지 않겠다고 했다만. 본교 시설물을 훼손하는 행위는 안 된다고 말했을 텐데? 그건 꼭대기에 계신 보름달의 자산을 훼손하는 행위라고!"

그런 것도 있었나?

적어도 난 듣지 못했던 규칙이다.

그런데 그녀의 말은 사실로 보였다.

베인이 호통치자, 대지 원소사 학생들은 그녀와의 시선을 피했으니까.

꼭 강아지가 잘못하면 잘못을 깨닫고, 주인의 눈치를 보는 것과 같은 행동이었다.

계속해서 무언가가 깨지고 파괴되는 요란한 소리가 들려서 베인이 이곳까지 직접 행차하신 것으로 보였다.

'이건 예상에 없던 일이지만…… 차라리 잘됐잖아?'

베인의 등장으로 솔직히 기뻤다.

왜냐, 이것 역시 내 수고를 덜어 주는 행동이 되었기 때문이다.

이제 베인은 출입문에서 우리의 앞까지 다가왔다.

정확히 말하면 대지 원소사 학생들과 우리가 대치하는 그 중간에 베인이 서 있는 상태다.

그리고 베인이 밴시를 쳐다본 그 순간.

그녀의 눈동자가 요동치는 것을 정확하게 식별했다.

"너……."

한창 대지 원소사 학생들과 다투는 중이었기에, 밴시의 주위엔 불과 빛 원소 구체가 두둥실 떠다니는 중이다.

당연히 현재 밴시의 색깔도 하얀색과 빨간색이 정확히 반

<u>으로</u> 섞인 상태고.

그 순간을 다름 아닌 교수 베인이 직접 목격한 것이다.

씨익.

난 입꼬리를 티가 나지 않을 정도로만 올렸다.

바로 이것이 베인이 식당에 나타난 순간 내가 기쁘다고 한 이유다.

굳이 소문을 퍼트리지 않고, 우리가 다투는 과정에서 난입하면 베인은 자신의 눈으로 직접 실체와 마주한 것이니까.

이것은 의심할 여지도, 검증이 필요치도 않으니까.

베인은 정신을 차리고 주위를 살폈다.

"너만 남고 나머지 다 나가."

밴시를 가리키고 한 말이다.

'성공.'

베인의 지시가 떨어지자마자, 난 기다렸다는 듯이 식당 출입문으로 향했다.

"기다리고 있을게."

나가기 직전 밴시에게 작은 목소리로 남긴 말이다.

과연 둘만 남았을 때 무슨 이야기가 오고 갔는지 알려 달라는 의미이기도 했다.

밴시는 고개만 작게 끄덕였고, 난 그대로 나왔다.

"운 좋은 줄 알아. 교수님 아니었으면 어떻게 될지 몰랐을 거니까."

식당에서 나오자마자 우리와 마찰이 있던 대지 원소사 학생 중 하나가 남긴 말이다.

확실히 자신의 실력에 대해 자신감이 있는 모습이다.

내가 더블 캐스터임에도 상관없다.

맞선다면 충분히 이길 수 있다.

이런 계산이 깔린 게 아니겠는가.

그럼 뭐 하나. 내게는 씨알도 안 먹힐 객기일 뿐인데.

"운은…… 너희가 좋았던 건데? 도서관에서 그렇게 두들겨 맞고도 정신 못 차렸어?"

"믿을 건 원소를 두 개 다룰 수 있다는 것밖에 없으면서."

그렇게 학생은 내 옆을 지나칠 때, 의도적으로 어깨를 부딪쳤다.

난 학생이 남긴 말이 흥미로웠다.

믿을 게 원소를 두 개 다룰 수 있는 재능밖에 없다라…….

그렇다면 저 학생은 아직 선보이지 않은 무언가가 있다는 뜻일까?

아니면 역시 객기에 지나지 않은 허세일 뿐일까?

솔직한 심정으로 당장 확인하고 싶었지만, 본교에 온 이 상황에서 다른 곳에 신경을 빼앗기고 싶진 않았다.

어차피 애꿎은 학생에게 먼저 시비를 건 것도, 교수 베인에게 밴시가 더블 캐스터라는 것을 알리기 위한 도구일 뿐이었으니까.

도구는 제 역할을 충실하게 해냈으니, 더는 활용할 가치가 없다.

따라서 불필요한 마찰을 없애면 되는 거다.

"나 먼저 간다, 헤이."

난 그렇게 옆에 있던 헤이도 외면하며 기숙사로 돌아갔다.

밴시가 오길 기다리기 위해.

'그러고 보니 키에나가 그런 상황에서 먼저 나가 버린 건 조금 충격이네.'

분교의 키에나였으면 어땠을까?

혼자 불안해하면서 나를 말리거나 그랬을 거다.

정말 그녀가 나랑 있으면 인격 자체가 바뀌는 것은 확실하다.

<hr>

"언제부터였지?"

"뭐가요?"

어지럽게 시설물이 파괴된 식당에서 베인이 부담스러울 정도로 날카로운 시선을 한 채로 밴시에게 물었다.

밴시는 천연덕스럽게 모르는 척, 되물었다.

"뭐긴 뭐야. 그거지."

밴시의 머리카락을 가리키며 강조했다.

분명히 며칠 전까지만 하더라도 4층에 올라왔을 때, 새빨간 단색이었던 머리카락에 왜 느닷없이 하얀색이 섞여 있냐는, 꾸짖는 것만 같은 질문이다.

"오늘 갑자기요."

밴시는 숨김없이 답했다.

실제로 더블 캐스터로 활동이 결정된 시기는 오늘 오후였으니까.

"……오늘? 오늘 언제?"

"오후에요."

"더블 캐스터가 되자마자 그런 색이 되었다고?"

밴시의 말에 베인은 동화율에 집중했다.

질문의 의도는 더블 캐스터가 되자마자 그런 동화율이냐는 거다.

직전까지 대지 원소사 학생들과 화끈하고 요란한 마법의 합을 주고받았기에 현재 밴시는 빨간색과 하얀색이 정확히 반반 비율이었다.

"아, 이거요?"

밴시는 머리카락 끝을 손가락으로 배배 꼬면서 보였다.

일부러 하얀색 머리카락만 골라서 손가락에 휘감았다.

"오후에는 안 이랬거든요? 그런데 아까 걔들이랑 다투다 보니까 갑자기 이렇게 변했어요."

밴시는 떨지도 않고 여전히 능청스럽게 답했다.

에드 분교 2클래스에 있었을 당시.

교수였던 스파클에게 특별 전형을 요구하던 능청스러웠던 그때의 밴시가 다시금 나타난 순간이다.

"……"

베인은 오히려 밴시를 잡아먹을 듯이 노려봤다.

이게 실제로 가능하기나 한 것인지, 도대체 무슨 영향으로 이렇게 되는 것인지 등등.

아무것도 몰랐기 때문이다.

더블 캐스터의 지식이 상당히 부족한 시대이기 때문에 혼자서 판단이 되지 않았던 것이다.

"일단 돌아가라. 그리고 내가 따로 다시 연락하지."

어쨌든, 지금 베인에게 가장 중요한 임무는 이 귀중한 사실을 속히 꼭대기에 있는 타일런트에게 알려야 한다는 것이다.

어차피 4층의 교수라고 한들, 혼자서 결정할 수 있는 건 없다.

더군다나 갑자기 또 탄생한 더블 캐스터이기에 더더욱 혼자서 앞날을 정할 수 없었다.

일단은 밴시를 돌려보내고 타일런트에게 보고한 뒤에 지시를 받아야만 행동할 수 있었다.

"그런데 왜 따로 연락하신다는 거예요?"

하지만 밴시도 호락호락한 마법사는 아니다.

그리고 아르텔과 똑같이 지금 본교에서 어떤 상황이 일어나고, 꼭대기로 향하면 무슨 일이 기다리고 있는지 잘 알고 있는 마법사다.

　　떠나기 직전에 얄밉게 베인을 떠봤다.

　　"너도 수업을 들어야 할 수도 있으니까."

　　빨리 타일런트에게 보고해야 한다는 압박감 때문일까.

　　베인은 그만 실언을 하고 말았다.

　　'이걸로 조금 놀려 먹어 볼까.'

　　밴시도 순간적인 기지가 발휘되었다.

　　"교수님, 궁금한 게 있는데요."

　　"뭐지?"

　　"그 수업이란 거, 둠 리포졸을 알려 주는 수업 맞죠?"

　　"그래, 너와 같은 팀인 헤이, 키에나가 듣고 있으니 그 둘에게 들었겠지."

　　"그런데 참 이상해서요. 저랑 다퉜던 대지 원소사 둘, 그리고 오후에 도서관에서 시비가 붙었던 어둠 원소사 셋까지. 걔들도 둠 리포졸 사용하고 있던데요? 왜 그래요?"

　　"……."

　　순간 베인은 아차 싶었다.

　　"그 수업, 더블 캐스터만 듣는 거 아니었어요? 실제로 키에나랑 헤이, 그리고 테슬라만 그 수업을 듣는 중이었으니까요. 근데 왜 기존에 있던 학생들은 더블 캐스터가 한 명도 없는데 둠 리포졸을 사용하고 있는 거죠? 걔들이 혼자서 터득했을 리는 없으니 수업을 들었다는 뜻 아닌가요?"

"네가…… 알 바 아니지."

당황한 나머지 베인은 말을 조금 더듬거리면서 핑곗거리도 되지 않는 답을 뱉었다.

"왜 갑자기 더블 캐스터만 수업 대상자가 된 건데요? 특별한 이유라도 있어요?"

"……쓸데없이 말이 많은 학생이군."

마땅한 핑곗거리가 생각나지 않은 베인은 그대로 밴시를 지나쳤다.

"기다리고나 있어."

그리고 밴시를 혼자 식당에 남겨 둔 채로 그녀는 황급히 자리를 피했다.

"픕, 귀여운 기지배."

마법으로는 농락할 수 없는 상대지만, 말로서 약점을 파악하고 꼬투리를 잡으며 농락한 쾌거가 은근히 시원했다.

게다가 상대는 일개 분교 교수도 아닌, 본교의 교수.

심지어는 대마법사의 가문 마법사지 않던가.

밴시는 언제 이런 경험을 다 해 보나 하고 성취감을 느꼈다.

"나보다도 어린 것 같은데, 이 언니가 너무 짓궂었나?"

베인이 사라지고 나서야 밴시는 시원하게 소리내어 말했

다.

"자, 그럼 난 이제 그분이 계신 곳으로 가 볼까."

마침 아르텔이 기다리고 있겠다고 했으니, 밴시의 다음 행선지는 자연스럽게 정해졌다.

"……그게 말이나 되나?"

베인이 4층 식당에서 나오고 얼마 지나지 않아, 보고는 곧장 꼭대기에 있는 타일런트에게 전해졌다.

모브를 활성화하고 베인의 보고를 전달받는 중인 타일런트.

그 옆엔 늘 붙어 있는 문지기 셔먼도 함께였다.

셔먼도 타일런트와 똑같은 반응이다.

도대체 더블 캐스터가 갑자기 탄생하는 게 어떤 비밀이 있는 건지.

이 정도면 누군가 의도적으로 더블 캐스터를 만드는 게 아닌가 싶을 정도의 합리적인 의심이 들었다.

-확실합니다. 학생들끼리 다투는 것을 제가 직접 목격했습니다. 그보다 더 확실한 건 없었으니까요.

"밴시 학생이라고?"

-네.

이렇게 되면 에드 분교에서 넘어온 학생 전원이 더블 캐스터가 된 것이다.

타일런트는 콧등을 세차게 긁었다.

그 손놀림이 어찌나 사나웠는지 가려워서 긁는 게 아니라 살점을 도려내 버릴 각오로 긁는 것처럼 보일 지경이다.

"원소는?"

ㅡ불과 빛이었습니다.

그런데 하필이면 가진 원소가 밴시만 다르다.

밴시의 탄생 전에 더블 캐스터는 다섯 명.

전부 공통적으로 어둠 원소는 필수 구성품처럼 꼭 들어가 있었는데.

이변이 탄생한 순간이다.

'에타르가 이걸 알았을까, 그 학생이 더블 캐스터의 재목이란 걸?'

이제 굳이 신경 쓰지 않아도 될 에타르까지 신경 쓰게 된 타일런트다.

'아니야……. 알 리가 없지. 더블 캐스터가 될 재목을 식별하는 방법 자체가 없어. 마법사가 가진 마나양을 정확히 측정하는 것과 똑같은 거라고.'

그의 입은 조용하지만 머릿속에선 온갖 소음이 일어나는 중이다.

'그렇다면…… 그 학생도 갑자기 더블 캐스터가 되었다는

건데. 도대체 그 조건이 뭐야? 어떻게 하면 그게 가능하냐
고……?'

급기야 학생들을 향해 질투를 느끼기 시작하기에 이르렀
다.

더블 캐스터는 그나마 항간에 알려진 지식에 의하면, 선천
적인 재능이다.

즉, 태어난 그 순간 결정되는 재능.

아무리 노력해도 절대로 가질 수 없는 절대적인 것.

그래서 원소를 익힌 순간 바로 두각을 드러내기 마련이다.

그런데 쿠로, 테슬라를 시작으로 키에나, 밴시까지 전부
갑자기 더블 캐스터가 되었다.

심지어 동시대에 사는 학생 마법사들에게 그런 변화가 찾
아온 것이다.

이렇게 되면 항간에 알려진 더블 캐스터의 지식이 잘못되
었을지도 모른다는 가능성을 낳게 한다.

더블 캐스터는 선천적인 재능이 아닌, 어떠한 계기로 인해
서 갑자기 바뀔 수도 있다는 뜻이다.

왜 저 어린 학생들에겐 그런 변화가 찾아왔을까.

마법사의 정점인 대마법사 자리에 있는 자신에겐 그토록
원하던 변화가 찾아오지 않는 걸까.

이런 생각에서 나온 삐뚤어진 질투심이었다.

─저…… 어떡할까요, 보름달이시여.

꽤 오랜 시간 모브가 조용하자, 베인이 조심스럽게 물었다.

"어떡하긴 뭘 어떡해? 그 학생도 수업에 참여시키고 역량을 실험해 봐야지."

―알겠습니다. 당장 내일부터 그리 시행하겠습니다.

그렇게 베인과의 연락을 끊었을 때, 이번엔 셔먼이 조심스럽게 물었다.

"보름달이시여, 이렇게 되면…… 성배에 들어갈 학생들은 누가 되는 겁니까?"

성배는 네 개밖에 없다.

그런데 후보자는 여섯 명이나 존재하는 상황.

그 전에는 성배가 넉넉한데 후보자가 없어서 조금 부족해도 닥치는 대로 성배에 넣었다.

그러나 지금은 상황이 완전히 반대가 되었다.

이제 마지막으로 사용할 수 있는 성배는 정해졌는데, 후보자가 많아 버린 것이다.

수요와 공급의 밸런스가 완벽히 무너진 이 상태에서 찾아올 것은 딱 하나.

장애.

"……일단 아르텔은 확정이야. 그 녀석은 독보적이잖아."

선택 장애를 말하는 것이다.

타일런트는 아르텔 말고 나머지 후보 중 확정자를 쉽게 정할 수 없었다.

왜냐, 혹여라도 지금 확정해 버리고 성배로 전환했는데 확정자가 되지 못한 다른 학생이 더욱 뛰어난 기량을 가지고 있다는 것이 나중에 식별되면, 그에게 있어선 되돌릴 수 없는 치명적인 실수를 하게 되는 거니까.

그렇게 신중에 신중을 거듭해야 했다.

"쿠로와 테슬라가 4층으로 올라가고 오늘이 이틀째지?"

"그렇습니다."

"그런데 제단은 아무런 반응이 없고?"

"네. 소식 없습니다."

게다가 그렇게 시끄러웠던 제단까지 조용해졌다.

그렇다고 4층을 제외한 다른 제단이 열린 적이라도 있는가?

그건 아니었다.

현재 분교에 있는 모든 제단이 소강상태를 맞이했다.

"이 찰나의 여유를 이용해야겠군."

이윽고 타일런트는 결단을 어렵게 내렸다.

"베인이 특별한 말은 없었고?"

"네."

식당에서 베인과 짧은 면담(?)을 마친 밴시는 곧장 내 기숙사로 왔다.

뭔가 특별한 일은 일어나지 않고 형식적인 질문만 이어졌던 시간이다.

그래도 수확은 있었다.

바로 베인이 밴시에게 '대기하라.'라고 말한 것 때문이다.

역시 내가 생각한 대로, 타일런트는 현재 신중한 선택을 앞둔 상태란 뜻이다.

"일단 대기하라곤 했지만, 언제 확정이 날지도 모르는 일이잖아요."

"곧 연락이 올걸. 당장 식당에서도 베인이 결정을 내리지 않은 이유가 뭐겠어? 자신이 결정할 수 있는 게 아니라는 뜻이지."

"그럼 자리를 빨리 피하려고 한 것도 꼭대기에 있는 타일런트에게 보고를 하기 위함이었겠군요."

"그렇지. 안 봐도 뻔하잖아."

밴시가 천천히 고개를 끄덕일 때, 그녀의 모브가 울렸다.

밴시는 곧장 모브를 확인했다.

표정에 변화는 없었다.

대신 슬쩍 내게 활성화한 모브를 보여 줬다.

-너도 내일부터 수업에 들어오도록.

교수 베인에게서 온 메시지였다.

"아르키스 님 말씀대로네요."

"자, 일단은…… 둔갑은 성공이긴 한데……."

여기까지는 내가 그린 계획대로 되었지만, 남은 부분이 걱정스러웠다.

"무슨 걱정을 하시는 건데요?"

난 밴시를 빤히 쳐다봤다.

그런 내 시선이 부담스러웠는지, 밴시는 처음에 나와 눈을 맞추다가 기에 눌려 시선을 피했다.

"너 말이야. 둠 리포졸 제대로 활용할 수 있겠어?"

둠 리포졸은 마나 소모량이 말로 설명할 수 없을 정도로 심하다.

과장을 조금 섞자면, 현존하는 마법 중 마나 소모가 가장 많이 든다고 해도 될 정도다.

게다가 에드 분교에서 내게 받은 숙제인 유나이티드의 진전이 없어, 자신의 기숙사에 걸어 놓은 지속 마법인 감지 마법도 잠시 해제할 정도로 불안정한 상태이지 않은가?

그런 밴시가 과연 수업에 들어간다고 해서 적응이나 제대로 할 수 있을지 걱정스러운 것이었다.

"제가 수업에만 들어가면 끝 아니었어요? 뭐가 더 필요한 건가요?"

내가 그런 걱정을 설명하자 역으로 물었다.

"응. 아니지. 최소한의 성적은 거둬야 해."

4층에서부터 새롭게 추가된 제약 때문에 밴시도 둠 리포졸을 완벽히 익히고, 제단을 직접 닫아야 한다.

팀원이 네 명으로 이루어진 우리는 개인당 얻을 수 있는 포인트가 최대 7.5.

애매하게 소수점이 있는 바람에 제단을 선택하는 것도 애로 사항이 꽤 있다.

5급은 3포인트를 얻으며, 6급은 5포인트를 얻는다.

5급을 세 번 닫거나, 6급을 두 번. 혹은 6급 한 번, 5급 한 번을 닫아야 비로소 충족된다.

난 적어도 5급 한 번, 6급 한 번이 가장 합리적인 선택이라고 생각한다.

6급 두 번과 5급 두 번은 횟수로만 치면 똑같은 두 번이지만, 등급의 차이가 있어 난이도가 다르기 때문이다.

내가 직접 닫을 때야 큰 문제가 생기지 않겠지만, 밴시가 닫아야 할 차례가 오면 분명히 순탄하게 흘러가지 않을 것이다.

마법사로 치면 5서클과 6서클이 나오는 4층의 제단들.

6서클 밴시에겐 자신과 동급인 몬스터를 마주하는 것이기에 밴시가 가장 큰 걸림돌이다.

아무런 방해도 없이 순전히 몬스터에게 집중해도 모자를 판에, 다른 학생들의 견제까지도 감내해야 하는 상황이니 재

수 없으면 아예 닫지도 못할 상황이 나올 수도 있다.

그런 상황이 지속되고, 테슬라와 쿠로가 다음 층으로 향해 버린다면 우리로서도 꽤 난감한 상황이지 않을 수 없었다.

'아닌가. 적어도 타일런트는 나만큼은 재료로 확정한 상태니까 어떻게든 올라오게 하려나?'

그런 기대감도 은근히 들었지만, 그래도 제일 확실한 건 요행을 바라지 않는 일이다.

일단 주어진 상황을 타개하는 게 가장 옳은 방법이라고 생각했다.

"밴시, 4층부터 제약이 새롭게 생긴 거 너도 알잖아."

"네. 그렇죠. 팀이면서 개인이니. 제가 제단을 직접 닫아야 하잖아요."

"그래, 그거 때문이야. 따라서 둠 리포졸 수업에서 너도 어느 정도의 성과는 내야 해."

밴시가 둠 리포졸 수업에서 성과를 내면 성장에도 도움이 된다.

나도 밴시가 가질 수 있는 최대 마력이 어느 정도이며, 마나는 얼마나 가지고 있는지 등등을 눈으로 보고 판단할 수 있는 수준은 아니다.

내가 이 계획을 처음 고안한 건 타일런트를 시험하기 위함이었지만, 상황이 이렇다 보니 둠 리포졸 수업이 밴시에게도 이점으로 작용할 부분이 존재했다.

밴시에게 이점이면 파급효과가 일어나 나에게도 이점으로 작용하니 나쁜 게 아니다.

"그런데…… 둠 리포졸 원리가 뭐예요? 아, 말이 나온 김에 미리 아르키스 님이 슬쩍 알려 주시면 안 돼요? 그럼 수업에서도 성과를 낼 수 있지 않으려나."

그러던 중 밴시가 제안했다.

나도 곰곰히 생각해 보니, 그녀의 말대로 하는 것이 나쁘지 않았다.

어차피 내일이면 공식 수업에서 배울 마법인데, 예습 차원으로 내게 미리 배우고 가도 나쁠 게 전혀 없었기 때문이다.

"그거 좋네. 바로 알려 줄게."

기숙사에서도 충분히 알려 줄 수 있다.

아니, 오히려 기숙사가 더 편하다.

적어도 다른 학생들의 간섭을 받지 않는 우리 둘만의 공간이니까.

그렇게 기숙사에선 간략한 수업이 진행되었다.

가렌트는 밑의 세계를 방황 중이다.

그리고 그는 살면서 단 한 번도 오지 않은 곳에 발을 들였다.

바로 검사와 마법사의 거리 경계선에 있는, 어느 쪽에도 속하지 않는 거리.

　　평민들의 상점이 줄지어져 있는 그 거리다.

　　이미 밤이 깊어져서 상점은 대부분 문이 닫혀 있었는데, 딱 한 곳만이 버젓이 불이 켜져 있고 영업 중인 곳이 있었다.

　　"선술집이라……."

　　가렌트의 방황의 이유는 실로 단순했다.

　　얼마 전에 방학 중임에도 특정 마법 학교 분교의 학생들이 도시 밖 숲으로 향하는 것을 목격했고, 학생들의 뒤를 따랐을 때의 일 때문이다.

　　서로 싸우는 아르키스 에이머의 제자들.

　　내부에서 균열이 생겼다는 명백한 증거이니 그 마법사와 접촉할 방법을 찾기 위해서였다.

　　검사와 마법사의 거리가 나뉘는 현 시점에서 검사 신분인 가렌트가 마법사와 접촉할 수 있는 곳이 바로 이곳 경계선에 있는 거리가 유일하다고 생각했다.

　　하지만 몇 날 며칠을 방황해도 마법사와 접촉할 수 있는 방법이 없었다.

　　가렌트가 원하는 마법사는 에타르였으니까.

　　그와 친한 마법사를 찾아야 했는데, 누가 에타르와 친한 마법사인지 알 길이 없기 때문이다.

　　그런 성과 없는 허탈함이 지속되면서, 잠시 현실을 잊을 알코올이 필요했을까.

오늘 유독 선술집이 눈에 밟히는 가렌트였다.

"급할 때일수록 쉬어 가라는 말이 있지. 오늘은 마셔야 할 기분이네."

그렇게 가렌트는 이끌리듯, 선술집 문을 열었다.

"어서 오세⋯⋯."

그런데 선술집엔 웬 꼬마 숙녀가 있었다.

꼬마는 가렌트를 보더니 인사말을 멈췄다.

꼭 봐서는 안 될 것을 본 사람의 표정이다.

"술집에⋯⋯ 꼬마가 있네?"

가렌트는 나긋나긋하게 물었다.

그저 신기했기 때문이다. 이렇게 밤이 늦었는데도 꼬마가 아직도 안 자고 있는 것도 그랬으며.

마치 자신의 가게인 듯이 당연하게 인사말을 뱉은 것도 그랬으니까.

"⋯⋯저희 할아버지네 가게라서요."

꼬마는 가렌트와 시선을 피하며 답했다.

"그래? 기특하네. 할아버지 가게라고 어린 네가 도와주는 거야?"

"⋯⋯비슷해요. 할아버지 불러올게요. 조금만 기다리세요."

그렇게 꼬마는 그 말만 남기고 도망치듯이 지하실로 내려갔다.

"이상하네……."

가렌트는 꼬마의 태도가 심히 걸렸다.

기분 탓일지 모르겠으나, 자신을 무서운 유령 취급을 하는 것처럼 느껴졌기 때문이다.

'하긴, 내 인상이 꼬마들한테는 무서울 수 있지.'

한때 대검사까지 지냈던 몸이 아닌가.

비록 대검사라는 직위는 예전에 버렸지만, 몸에 이미 스며든 검사의 기운은 시간이 지나도 사라지는 법을 몰랐다.

우락부락한 인상이니 꼬마의 눈에는 충분히 그럴 수 있겠다며, 가렌트는 유하게 넘어갔다.

그리고 꼬마가 지하실로 내려간 지 얼마 지나지 않았을 때.

짙은 하얀 콧수염과 백발의 꼬불꼬불한 머리카락을 가진 노인이 지하실에서 올라왔다.

'음. 저 노인이 꼬마의 할아버지인가 보군.'

인상은 꽤 포근하며 인자한 할아버지로 보였다.

그러나 가렌트의 시선이 바로 할아버지의 옆으로 향한 순간, 그는 표정을 잔뜩 찌푸리고 말았다.

할아버지의 옆엔 젊은 청년이 함께였는데, 상당히 뚱뚱하고 안경을 쓰고 있었다.

얼마나 뚱뚱한지 계단을 오르는 중인데 뱃살이 출렁거리

는 게 눈에 훤히 보일 정도였기 때문이다.

'젊은 녀석이…… 상당히 게으른가 보군. 그러니 살이 저렇게 찌지.'

검사인 가렌트에겐 상당히 한심한 몸이었다.

일부러 망가트리려고 작정을 해야 저런 몸이 될 것임을 잘 알았기 때문이다.

그렇게 가게의 주인인 할아버지가 가렌트 앞에 섰다.

"처음 보는 분이군요."

단어로만 보면 분명히 친절하지만, 가렌트는 어딘가 할아버지의 말 속에 비수가 숨어 있는 것만 같았다.

무언가 잔뜩 경계하는 것만 같은 말투.

포근한 인상을 가진 할아버지라 마음을 편히 먹던 중이었는데 그런 마음이 싹 사라지는 순간이다.

'이 가게…… 분위기가 영 별로군.'

그저 간단하게 쉬어 갈 겸, 술이나 한잔 걸치러 온 것인데 그들의 응대에 크게 실망했다.

그래도 가렌트는 친절하게 답했다.

"네, 처음 오는 곳이니 당연하지요."

적어도 자신은 검사이지 않은가.

그것도 일반 검사가 아닌 대검사 출신이며, 지금은 검사 의회장이라는 검사 사회를 통솔하는 자 중 한 명.

검사씩이나 되어서 평민에게 권위적이고 강압적일 필요가

없다고 생각했기 때문이다.

"찾으시는 술이라도 있나요?"

"딱히 생각한 술은 없는데 제일 잘나가는 걸로 하나 주시죠."

"제일 잘나가는 거라⋯⋯."

할아버지는 그 말을 곱씹으면서 선반에 있는 술들을 뒤적였고, 적당한 술을 집어 들어 잔에 따라 주었다.

술잔을 건네받은 가렌트는 독약이 든 것처럼 조심스럽게 한 모금 홀짝 넘겼다.

"⋯⋯꽤 독하네요? 이게 잘나간다고요?"

술이 얼마나 독한지 확인하기 위함이었다.

"네. 저흰 그게 잘나가요."

사실 할아버지(바이스)가 준 술은 레지가 이곳에서 주정을 부릴 때, 먹고 떨어지라는 의미로 준 가장 독한 술이다.

그것을 알 리가 없는 가렌트는 그저 바이스의 말만 믿고 술을 천천히 들이켰다.

바이스는 가렌트의 인상착의와 행동 하나하나를 유심히 살피다가 조심스럽게 물었다.

"검사님 같으신데⋯⋯."

"그렇게 티가 많이 나나요?"

이들이 가렌트를 경계한 이유도 이것 때문이었다.

이런 시국에 갑자기 검사가 이곳에 온 이유가 불안하게 다가왔기에 그런 것이었다.

"티가 안 나는 게 이상하지 않을까요. 검사님들은 신체가 남다르지 않습니까?"

바이스는 최대한 내색하지 않으며 자연스럽게 답했다.

"역시, 오래 사신 분이라 그런지 평민인데도 잘 알고 계시네요?"

'다행이군, 나를 평민으로 생각하는 중이라서.'

그 말에는 일말의 안도감이 흘러나왔다.

"그런데 말입니다, 사장님. 제가 문득 궁금한 게 있는데요."

어느덧 술잔을 비운 가렌트가 바이스를 부담스럽게 응시하면서 물었다.

"……."

그저 쳐다보고 있는 것뿐인데, 기가 눌리는 바이스였다.

도둑이 제 발 저린 상황이다.

"뭐가 그렇게 궁금하시죠?"

"장사를 여기에서 오래 하셨나요?"

"검사님께서 갑자기 그건 왜 궁금하신지……."

이어진 가렌트의 질문에 바이스는 저도 모르게 사납게 답했다.

바이스의 답이 떨어지자마자, 가렌트는 고개를 갸웃거렸다.

"왜 이렇게 저를 경계하시죠? 평민들 사이에서 검사가 그렇게 이미지가 좋지 않은가."

바이스는 아차 싶었다.

노골적인 경계심을 계속 유지하면 상대가 더욱 이상하게 생각할 것을 염려해 곧장 경직된 표정을 풀고 온화한 미소를 지으며 썩 괜찮은 핑계를 댔다.

"그럴 리가 있습니까? 검사라는 특별한 존재이신 분이 보잘것없는 평민에게 관심을 가지니 몸 둘 바 몰라서 그랬죠."

비록 아부성이 짙긴 했지만, 바이스는 스스로 즉흥적으로 나온 핑계치곤 상당히 훌륭했다고 여겼다.

"하하하하! 그런 대우를 받으려고 온 게 아닌데."

다행스럽게도 가렌트도 유순하게 넘겼다.

가렌트는 다시 본론으로 돌아왔다.

"아무튼, 장사는 이 자리에서 얼마나 하셨죠?"

"꽤 오래 했죠. 제가 젊었을 때 시작했으니까요."

정확한 시기는 일부러 생략했다.

바이스가 평민으로 위장하여 밑의 세계에서 평범한 선술집을 운영하기 시작한 건 마법 사회에서 분교의 탄생과 엇비슷한 시기니까.

그러나 상대는 현재 자신을 평민으로 알고 있다.

거기에다 대고 '몇백 년은 되었을 겁니다.'라고 답할 이유가 아예 없기 때문이다.

더군다나 가장 중요한 것은.

현재 바이스는 상대가 검사란 것만 알지, 정확히 누군지 아예 모른다.

"그런데 갑자기 그건 왜 궁금해하시죠?"

상대의 의도를 파악하기 위해 자연스럽게 건넨 질문이었다.

"흐음…….."

술잔을 비운 가렌트는 답은 하지 않고 선술집 내부를 시선으로 쭉 훑었다.

"원래…… 이렇게 손님이 없는 곳인가요?"

"네, 뭐. 어쩌다 보니."

"일단 한잔 더 주시죠."

묵묵히 가렌트의 잔에 새로운 술을 따랐을 때, 그가 물었다.

"평소에 저처럼 검사, 혹은 마법사 들이 오기도 하나요?"

"적어도 전 검사는 이번에 처음 봅니다."

"그런데 어떻게 절 보자마자 검사인 걸 알았습니까, 처음 본다면서?"

"제 가게에서나 처음 보지, 검사라는 존재를 살면서 처음 본 건 아니니까요."

준비된 답안처럼, 바이스는 당황도 하지 않고 술술 답했다.

"음, 확실히 그러네요. 나이도 지긋하신데."

가렌트는 여전히 의심이 없었다.

그러나 그럴수록 바이스는 더욱 의아하며 경계했다.

이렇게 의심 없이 수긍할 거였다면 도대체 왜 그런 질문을 해 대고 있는지 당최 이해할 수가 없었다.

"혹시 말입니다."

가렌트는 이제 자세를 바꿨다.

술잔은 잠시 내려놓고, 한쪽 팔은 테이블에 올리며 몸을 바이스 쪽으로 살짝 밀어 놓았다.

상대에게 모든 신경을 집중하는 자세다.

게다가 심각해 보일 정도로 진지하게 변한 그의 표정에 바이스는 저도 모르게 긴장했다.

"네."

그래도 최대한 내색하지 않으며 여전히 자연스럽게 대화를 이어 갈 수 있었다.

삶의 연륜이 꽤 쌓인 바이스이기에 가능한 것이었다.

"검사는 제가 처음이라고 하셨으니 말인데…… 마법사는 온 적이 있나요?"

"……"

일단 말을 아꼈다.

그리고 바이스는 한 가지는 확실하게 캐치했다.

이 검사의 최대 관심사는 마법사라는 것을.

검사들과 마법사가 전부터 사이가 좋지 않아 서로 관심을 가지는 게 절대 이상한 건 아니다.

  말이 좋아 관심이지, 관찰이라고 보는 게 맞다.

  서로 오래전—대마법사가 바뀌고 나서—부터 사나운 들짐승처럼 으르렁거리던 사이였으니, 상대가 약하기를 기다렸다가 잡아먹을 생각뿐이었으니까.

  그러나 지금 눈앞의 검사는 그런 관찰과는 조금 거리가 있어 보였다.

  보는 시각에 따라 어쩌면 간절해 보이기까지 했다.

  '흐음, 어떻게 답해야 할까?'

  이런 검사의 태도도 이상하긴 했지만, 적어도 바이스는 검사가 어떤 의도를 가지고 이 질문을 하는 것인지 알고 싶었다.

  그래서 그는 고개를 천천히 끄덕였다.

  "네, 예전에 몇 번 봤습니다. 손님으로 오신 적이 있죠."

  무조건 거짓말도 아니다.

  당장 그 손님이 누구냐고 묻는다면, 레지란 마법사가 실제로 손님으로 온 적이 있으니까.

  "예전? 예전이면 언제를 말하는 거죠?"

  이젠 시기에 집착하는 모습을 보였다.

  "거리가 저렇게 나뉘기 전이었죠?"

  "아……."

그 말을 끝으로 다시 침묵이 찾아왔다.

바이스는 상대의 눈치를 보다가 슬쩍 찌르듯 물었다.

"제가 감히 주제넘는 말씀을 드리자면…… . 제가 알기론 마법사와 검사는 서로 무관심한 걸로 아는데 잘못 알고 있었나 봅니다. 꽤 마법사에게 관심이 많으시네요."

바이스가 마법사인데 두 세력이 서로 무관심하다는 게 거짓말이라는 걸 어떻게 모를까.

지금은 내색할 필요가 없기 때문에 일부러 그런 거짓을 섞으면서 대화를 유도한 것이다.

수동적으로 상대의 질문에만 답하기 전 바이스가 능동적으로 변한 순간이기도 하다.

"뭐, 무관심했죠. 근데 저는 그렇지 않아서요."

"왜요?"

"꼭 만나고 싶은 마법사가 있는데 혹시나 해서 물은 거죠, 만날 방법을 아예 모르니."

바이스의 흥미를 살살 긁는 말이 아닐 수 없었다.

도대체 이 검사가 만나고 싶은 마법사가 누구길래 이럴까.

얼마나 만나고 싶으면 평민이 하는 선술집에까지 와서 하소연하듯 늘어놓는 것일까.

결국, 바이스는 궁금증을 참지 못했다.

"검사님이 만나고 싶은 마법사라…… . 그렇다면 평범한 마법사는 아니겠네요? 마법사 세력에서도 꽤 이름이 있는 마법사일 것 같단 생각이 드네요."

"하하, 역시. 세월의 연륜은 무시 못 하는 건가요. 평민이 신데도 거기까지 생각이 닿다니."

칭찬의 의도일지 모르는 상대의 말에 바이스는 반응하지 않았다.

그사이 가렌트는 새롭게 따른 술잔도 어느덧 비워 버렸다.

상당히 독한 술인 데다가 평소 수련을 위해 술은 멀리하는 검사 생활을 한 그다.

그런 탓인지 취기가 상당히 금방 올라와, 속에 있는 걸 그대로 털어놨다.

"그런데 제가 만나고 싶은 마법사의 이름은 아는데 어떤 마법사인지 정확히 모른다는 게 문제죠. 전 검사다 보니까."

"이름이 뭔데요?"

바이스가 묻자 가렌트는 뚱한 표정으로 그를 쳐다봤다.

눈치가 빠른 바이스는 곧장 부연 설명을 덧붙였다.

"혹시 모르죠. 전에 여기에 왔던 마법사일지도 모르니까요."

그의 설명이 끝나자 가렌트는 충분히 그럴 수 있다고 생각했는지 고개를 끄덕였다.

"에타르라는 마법사거든요."

그리고 아주 익숙한 그 이름이 나온 순간, 바이스는 머리카락이 쭈뼛 서는 듯했다.

바이스의 옆에 있던 레지도 순간적으로 침묵을 깨고 '어?'
란 말이 나올 뻔한 걸 겨우 참았다.

"에타……르?"

바이스는 모르는 이름인 척, 중얼거리기만 했다.

"네. 아는 이름인가요?"

"아니요. 제 가게에 온 적이 없는 마법사 같습니다."

하필이면 검사가 만나고 싶은 사람이 조각사의 주인 에타
르라니.

어떻게 이런 우연의 일치가 있나 싶었다.

그러나 시국이 위태로운 상태다.

에타르, 알프릭, 트레샤.

그들의 스승 아르키스 에이머까지.

최후의 반격을 직전에 둔 상황에 본교로 갔다.

적어도 바이스는 이 상황에서 정체 모를 이 검사를 훼방꾼
이라고 생각했다.

실제로 검사와 마법사의 싸움에서 검사는 힘도 못 쓰고 그
대로 제압당하는 경우가 당연하니까.

무슨 의도를 가지고 만나고 싶어 하는지는 모르겠으나, 지
금 이 시기는 피하는 게 옳다고 판단했다.

"만나서 뭘 하려고요?"

그래도 의도는 알아야 하지 않겠는가.

말이 나온 김에 바이스는 조금 더 깊숙이 다가갔다.

"뭐, 그건 제 세력의 사정이라……. 평민인 당신에게 자세하게 말은 못 하겠네요."

그러나 취기가 올라도 만취 상태는 아니다.

적어도 사리분별은 할 줄 아는 상태란 뜻이다.

가렌트는 그쯤에서 대화를 중단하려 했다.

"아…… 네……."

상대가 저렇게 대화의 흐름을 잘라 버리니, 바이스도 더는 지속할 수 없었다.

"그래도 부탁은 하고 싶네요."

가렌트는 자리에서 일어나면서 바이스에게 간곡히 말했다.

"어떤 부탁이죠?"

"혹시라도 언젠가 마법사가 손님으로 오는 날이 있다면, 한번 물어봐 줄 수는 있습니까? 에타르란 마법사와 친분이 있는지 없는지요."

불특정 다수에게서 특정 소수를 찾으려는 생각으로 보였다.

"예, 그건 어렵지 않습니다만."

"아, 그러고 보니 제 소개도 안 했군요. 만약 그런 마법사를 찾으면 이 말을 꼭 대신 전해 주세요."

"말씀하시죠."

"제 이름은 오리안트 가렌트. 한때 마법사 친구가 있었어요. 만약 에타르와 친분이 두터운 마법사가 나타난다면 제 이름을 꼭 알려 주시고요."

"흐음, 글쎄요. 마법사들이 검사의 이름을 말하면 알까요?"

조금 기분이 상할 수 있는 매정한 답이었지만, 그게 사실이다.

마법사들이 언제 검사들의 이름을 외우고나 다녔을까.

검사들이 어떻게 사는지도 모르는데.

따라서 그의 이름을 전한다고 한들 효과가 아예 없다는 말을 돌려서 한 것뿐이다.

"네, 그럴 수 있겠네요. 그럼 이 설명도 덧붙여 주세요."

가렌트의 표정은 이제 비장했다.

"어떤……?"

"전 한때 마법사 친구가 있었어요. 아마 마법사들 중에 그 이름을 모르는 사람은 없을 거라고 생각합니다."

"그렇게 호언장담하실 정도면 실로 대단한 마법사가 맞았겠네요. 친구이신 마법사의 이름이 어떻게 되는데요?"

"아르키스 에이머요."

가렌트의 입에서 그 이름이 나온 순간.

"콜록! 콜록!"

레지는 사레가 들린 듯, 기침을 해 댔다.

바이스도 눈동자가 흔들렸다.

"아르키스…… 에이머요?"

그래도 평정심은 금방 찾을 수 있었다. 최대한 자연스럽게 이름을 되물었다.

"네. 아르키스 에이머요. 제 친구의 이름이었죠. 그럼, 부탁드립니다. 간간이 또 들르죠. 저도 한가하다면 매일같이 오고 싶지만, 그럴 수 있는 상황이 아니라서요."

"아…… 네……."

그렇게 가렌트는 '부탁드립니다.'라는 말을 재차 강조하며 선술집에서 떠났다.

가렌트가 떠나고 나서.

바이스와 레지는 뒤통수를 세게 얻어맞은 것처럼 한참이나 멍했다.

"……사장님, 제가 지금 잘못 들은 거 아니죠?"

침묵을 먼저 깬 건 레지였다.

어떻게 검사의 입에서 전 대마법사의 이름이 나올 수 있었는지, 그 충격은 여전히 회복되지 않았다.

"그러니까 말이야. 어떻게 그 이름을 알고 있는 거지."

"그런데…… 이상하지 않아요? 어떻게 일개 검사가 전 대마법사님의 성함을 알고 있단 말입니까?"

"……설마."

바이스는 한 가지 걸리는 부분이 있었다.

자신을 가렌트라고 소개한 그 검사. 그가 아르키스 에이머라는 이름을 알고 있으려면 필수적인 조건 하나가 있어야 했기 때문이다.

"대검사인가? 그렇지 않고서야……."

단절된 두 세력이 소통을 나누는 유일한 창구는 각자의 학교 꼭대기에 있는 봉인석.

서로 늘 연락하고 지내니 이름을 알고 있는 게 당연하다.

따라서 가렌트가 대검사라는 것이 유력했다.

"에이, 그게 말이 돼요? 아르키스 님이 대마법사였던 시절은 300년 전인데 그럼 저 검사가 300년 넘게 살고 있다는 뜻이잖아요?"

하지만 이어진 레지의 의문이다.

"그러니까……. 검사들에게 300년이면 족히 세 번은 죽고도 남을 시간이지."

"정체가 뭘까요…… 저 사람?"

둘은 이미 가렌트가 나간 출입문만 멍하니 바라봤다.

"유령은 분명히 아니었는데……."

당최 정답을 알 수 없는 상황이었다.

다음 권으로 이어집니다

꿈의 도약, 로크에서 하십시오
(주)로크미디어에서 신인 작가를 모십니다

즐거운 세상, 로크미디어는 꿈을 사랑하고 도전을 두려워하지 않는 작가 분들의 참신한 작품을 기다리고 있습니다. 21세기 장르 문학계를 이끌어 갈 차세대 선두 주자 (주)로크미디어에서 여러분의 나래를 활짝 펴 보시길 바랍니다.

모집 분야 판타지와 무협을 포함한 장르 문학
모집 대상 아마추어 작가, 인터넷 작가
모집 기한 수시 모집
    작품 접수 시 유의 사항
       1. 파일명은 작가명_작품명.hwp형식을 갖춰 주십시오.
       1. 파일에 들어갈 내용은 다음과 같습니다.
          — 성명(필명인 경우 실명을 밝혀 주세요), 연락처, 이메일 주소
          — 제목, 기획 의도
          — A4용지 1장 분량의 등장인물 소개
          — A4용지 2장 분량의 전체 줄거리
          — 본문
       1. 작품이 인터넷에 연재되고 있다면, 게시판명과 사이트의 구체적이고 정확한 주소를 기재해 주십시오.

선택된 작품은 정식 계약 후 출판물로 간행되어 전국 서점에 유통됩니다.
작가 분은 (주)로크미디어의 전폭적인 지원하에 전속 작가로 활동하시게 됩니다.
※ 자세한 내용은 로크미디어 홈페이지(rokmedia.com)를 참조하세요.

(03920)서울시 마포구 성암로 330 DMC첨단산업센터 3층 318호
(주)로크미디어 편집부 신간 기획 담당자 앞
전화 : 02) 3273 - 5135
www.rokmedia.com   이메일 : rokmedia@empas.com